김
상
현

책이 출간되고 벌써 5년이라는 시
그 사이 국내에서는 15만 독자분들께서 책을 읽어주셨고,
5개국에 판권이 수출되어 수만 명의 독자분과 만나는
기쁨과 영광을 얻기도 했습니다.

긴 시간 동안, 제 삶에도 많은 변화가 있었습니다.
불안으로 뒤덮여 있었던 하루하루는 나름의 확신으로 점철되었고,
인생을 낙관적으로 바라보는 방법을
조금은 깨닫게 된 것 같다는 생각입니다.

하지만 그럼에도 불안과 두려움이 찾아올 때면,
제가 써두었던 이야기들과 다짐을 펼쳐보곤 합니다.
궁극적으로 변하지 않은 건,
여전히 행복하기 위해 살아가고 싶다는 것입니다.
그리고 그러기 위해서는 '나를 좋아하는 일'에
소홀하지 말자고 다짐합니다.

긴 시간, 읽힐 수 있게 되어 감사할 따름입니다.
더불어 이 책이 당신의 삶에 조금이나마
행복을 전할 수 있기를 바라봅니다.
저는 언제나 그렇듯 이 자리에서 당신의 행복을
응원하고 있겠습니다.

김상현

필름

김상현

내가 죽으면 장례식에

누가 와 줄까

필름o

"제가 적어 내린 변변치 않은 문장들로

당신의 호수 같은 마음에 돌멩이 하나를 던지고 싶습니다.

그럼 당신의 가장 깊숙한 곳까지 타고 내려가

마음속 가장 끝자리에서 위치하게 될 문장이 되겠지요.

저는 그런 문장들을 남기고 싶습니다.

울림이 있으면 좋겠습니다.

기억되는 글을 쓰고 싶습니다.

당신의 가슴속에 찡한 무언가가 되기를 원합니다.

언제나 읽힐 수 있게 되어 영광입니다.

고맙습니다."

잘될 것 같다는 마음은 틀리기 쉽습니다. 계획했던 것들이 모두 이뤄지지 않기 때문이죠. 그리고 모든 것은 변합니다. 영원했으면 싶은 것들 역시 영원하지 않고 변하기 마련이죠.

무한 경쟁이 펼쳐지고 있는 시대입니다. 글을 쓰고 회사를 운영하는 입장에서만 바라보더라도 제가 하고 있는 일의 모든 부분이 경쟁의 연속입니다. 매대에 깔린 수많은 책 중 눈에 띄기 위해 표지를 예쁘게 꾸미고, 이번 책은 몇 위를 했고, 얼마나 팔렸고 등등. 수많은 숫자와 시기, 질투가 마음을 압박해 옵니다.

이번엔 잘돼야 할 텐데, 많이 팔려야 할 텐데, 사람들이 좋아해 줘야 할 텐데. 이런 마음들은 부담으로 이어지고. 쌓이고 쌓인 부담은 내 마음속에서 넘쳐흘러 세상과 사람에게 이어집니다. 세상과 사람에게 전달된 부담들은 더는 부담이 아닌 타인의 불행을 바라는 모습으로까지 변하게 되지요.

쟤보다 잘돼야 할 텐데, 더 좋은 곳에 살아야 할 텐데, 더 좋은 차를 타야 할 텐데, 더 좋은 옷을 입어야 할 텐데. 나보다 덜 행복했으면 좋겠다, 이번에 잘 안됐으면 좋겠다, 뭐 잘못하거나 사과할 일은 없는 건가. 불행했으면 좋겠다.

강수돌 교수는 《팔꿈치 사회》라는 책에서 "경쟁이 낳는 비극 중 하나는 타자의 불행을 자기 행복의 기초로 삼는 일이다"라고 이야기했습니다. 요즘은 어떻습니까. 당신은 어떻습니까. 숫자와 시기와 질투가 온몸을 휘감고 있지는 않으신가요. 타인의 불행을 본인의 행복처럼 바라고 있지는 않으신가요.

책에 담고 싶었던 세 가지 이야기가 있습니다. 첫째는 결국 행복했으면 좋겠다는 것. 둘째는 좋은 사람이 돼서 좋은 사람을 곁에 두었으면 한다는 것. 셋째는 결국 사람이라는 것입니다. 저는 인생의 궁극적인 목표가 '행복'이라고 생각합니다. 모든 일들은 다 행복하기 위해 한다고 믿고 있고, 행복하기 위해 살아가고 있다고 믿기 때문이죠.

그런데 그 행복은 과연 어디서 나오게 되는 것일까요. 우리를 둘러싼 수많은 사람. 사람과 사람을 이어주는 사랑. 저는 행복이라는 건 결국 사람과 사랑에서 시작된다고 생각합니다.

저는 꿈이 참 많은 사람입니다. 앞으로도 뜨거운 사람이 되고 싶어요. 그래서 주변을 조금 더 따뜻하게 만들고 싶은 마음입니다. 하지만 제가 걸어가고 싶은 길을 걷는 동안에도 이 길이 맞는지 헷갈려 하기도 하고, 앞으로 펼쳐진 그리고 지금 가고 있는 이 길이 험할 거라는, 힘들 거라는 생각에 좌절하기도 합니다. 하지만 그럴 때마다 저를 위로해 주는 건 제가 하고 있는 일에 대한 사랑과 제 주변을 지켜주는 사람들이었습니다.

사람을 사랑하는 일. 자신의 일을 사랑하는 일. 그 두 가지면 삶은 충분할 것이라 생각합니다. 경쟁이라는 단어를 화두에 올렸던 이유 역시 그렇습니다. 눈을 뜨고 눈을 감는 동안 무한한 경쟁이 펼쳐집니다. 하루 동안 접하게 되는 모든 것이 경쟁을 통해 마주하게 된 것이라고 해도 과언은 아니겠지요. 하지만 결국 사람입니다. 미워하는 건 대충하고 자신의 과거와 마음껏 경쟁하는 마음을 가졌으면 좋겠습니다. 다만 스스로 자책한 만큼 다독이는 시간을 분명히 가져야 하겠지요.

단 한순간도 삶을 사랑해보지 못한 사람은 삶이 얼마나 아름다운지 알지 못합니다. 그러니 삶을, 일을, 옆에 있는 사람을 사랑했으면 합니다. 그래서 결국 행복했으면 좋겠습니다.

김상현

추천사

나는 꾸준함의 힘을 믿는다. 타지에서의 삶은 예기치 않은 어려움이 불쑥 찾아오곤 하지만, 어떤 상황에서도 고요하고 묵묵히 살아가려 한다. 《내가 죽으면 장례식에 누가 와줄까》를 읽으며 그러한 내 삶의 태도와 맞닿은 지점들을 발견할 수 있었다.

책을 읽는 동안, 내가 얼마나 많은 사람들에게 진심을 다했는지, 또 얼마나 많은 이들이 내 진심을 알아주었는지 돌아보게 된다. 가까운 사람들에게 더 친절한 사람이 되고, 사소한 일에도 감사의 마음을 표현하려는 다짐이 이 책과의 만남으로 더욱 단단해졌다.

또한, 이 책을 통해 내가 맞서거나 포옹하려 했던 불안들에 대해 다시금 생각할 수 있었다. 책 속에서 느껴지는 "삶의 불확실성을 끌어안는 용기"라는 메시지는 내게 깊이 와닿았다. 타지에서의 삶 속 예기치 않은 만남과 작별처럼, 이 책은 내 삶의 관계와 시간을 돌아볼 수 있는 기회를 준다.

《내가 죽으면 장례식에 누가 와줄까》는 단순히 삶의 끝을 묻는 책이 아니다. 지금 이 순간의 나를 돌아보게 하고, 오늘을 살아갈 용기를 전해주는 책이다.

이경준

CONTENTS

CHAPTER 1

실수

소중한 것을 소중히 여기지 못하고, 자주 새로운 걸 탐낸다. 갖지 못할 것들을 마음에 품어버리고, 소중한 것들을 마음에서 미뤄둔다. 떠나갈 땐 후회하며, 후회하는 건 늦었다는 걸 알면서도. 똑같은 실수를 반복하곤 한다. 그렇다. 나는 어리석다.

배려와 이기주의

더운 여름날. 기온은 그해의 정점을 찍고 있었다. 심지어 바로 전날 비가 와서 그런지 높은 습도까지 더하여 매우 불쾌했었다.

하필 그런 날, 홍대에 갈 일이 생겨버렸다. 지하철 역까지 걸어가는 동안, 나는 온몸이 땀으로 범벅 된 채 지하철에 몸을 실었다. 평일 오후라는 시간을 너무 믿었던 탓일까. 사람이 없을 거라 예상했던 지하철엔 출퇴근 시간과 맞먹을 정도로 사람이 많았다. 그렇게 덥고 습한 날엔 나뿐만 아니라 모두가 땀을 흘리고 온몸에 불쾌함을 달고 다닌다.

사람들과 부딪치지 않으려 평소에도 조심하며 애를 쓰는 편인데, 문득 나만 괜히 조심히 다니는 건 아닐까 하는 생각이 들었다. 한정된 공간 안에서 조금 더 편한 자세로 서 있으려, 조금이라도 공간을 차지하려, 찝찝함과 불쾌함이 찌들어 있는 공간에 어떻게든 몸을 구겨 넣고 핸드폰 동영상을 시청하려, 발 디딜 틈 없는 곳에서 그나마 자신의 필요한 것만을 지키려 하는, 심지어 펼쳐진 우산을 펄럭펄럭거리는 모습들, 아니 사람들을 보고 말이다.

한정된 공기, 꽉 찬 사람들 틈에 공기 순환조차 제대로 되지 않아 뜨뜻미지근한 공기가 감돌고 있는 밀폐된 공간 안에서 나는 후회했다. 그날, 하필, 지하철을 탄 나를 말이다. 그러다 이런 날 약속을 잡아버린 나와 친구를 원망했다. 그 이후엔 어떻게든 몸을 구겨 넣으며 꾸역꾸역 동영상을 보고 있는 염색 머리 남자를 흘겨보게 됐다.

'모두 없어져 버렸으면 좋겠다.'

평소에 사람이 없으면 살지 못한다는 생각을 하며 살아가는 나인데, 그 존재 자체가 불편하고 불쾌하다고 느끼다니. 우린 서로를 필요하다고 생각하면서도 서로에게 부담이 되는 존재이진 않을까.

어쩌면 작고 사소한 배려에 매료되는 이유는 이기주의가 팽배해 있기 때문이진 않을까 하는 생각이 머릿속을 스치고 지나갔다.

가끔 이런 말들이
필요할 거예요

너는 모난 사람들을 볼 때면 저 사람은 왜 저런 걸까 궁금해했었지. 그렇게 둥글기만 했던 네가 몇 번의 인간관계를 앓고 나서 닳고 닳은 탓일까. 이제 네가 모난 사람이 된 것 같다고 자책을 하더라. 욱하는 일들도 여럿 있었지만, 마음속에 꾹꾹 눌러 담아서 그런 걸까. 하고 싶은 말이 있었지만, 관계를 위하여 참았기 때문에 그런 걸까. 눈물 꾹 참고, 웃어 보이며 아무렇지 않은 척해서 그런 걸까.

그런 너에게, 애써 둥근 사람일 필요는 없다고 말해주고 싶다. 가끔 화를 내고, 가끔 하고 싶은 말을 하고 살아도, 가끔 눈물을 흘리더라도 너를 예뻐하는 사람이 참 많다고 말해주고 싶다. 그러니 그래도 된다고 꼭 말해주고 싶다.

넌 아주 재주가 있단다. 그렇단다. 사람을 행복하게 해주는 그런 것들 말이야. 믿기지 않는다는 말은 꺼내 놓지 않아도 된단다. 나를 바라볼 때 그 눈은 어떻고. 어쩔 땐 눈이 부실 정도로 반짝거리는 탓에 쳐다보기도 힘든 걸. 바람이 불어오면 쓸어 넘기는 머리는 어떻고. 오물조물 맛있는 걸 먹을 때 움직이는 입꼬리를 보면 나도 모르게 널 따라 하게 되더라. 아, 그 입꼬리. 웃을 때면 더 예뻐지는 걸 알고는 있니. 자주 웃을 일이 생겼으면 좋겠다. 너와 나를 바라봐 주고 있는 이 계절이, 우리의 아름다움을 기억해줬으면 싶어.

너를 사랑해주는 사람이 있다는 걸, 또 누군가의 자랑이자 위로라는 걸, 꼭 기억했으면 한다. 언제나 잘될 것이라고 믿고, 함부로 뱉은 말에 더는 상처받지 않았으면 좋겠다. 그 누구도 아닌 너만의 인생을 살아가며, 비교하거나 스스로를 깎아내리지 않았으면 좋겠다. 너만의 색깔을 찾아가며 다른 사람들을 보고 부러워하지 않고 새로운 것들을 계속해서 해나갔으면 싶다. 새로운 사람들에게 마음을 열 줄 알며 미련을 두지 않았으면 좋겠다.

참 예쁘단다. 널 바라보면 행복해진단다.

넌 아주 재주가 있단다. 그렇단다. 정말로 그렇단다.

착합과 만만함

쓰디쓴 말을 집어삼킬 땐 인상을 구기지 않는다. 화가 치밀어 오르는 말투와 언어 그리고 이어지는 행동을 마주할 때에도 감정의 붉은 활화산이 마음속에서 끓어오르지만, 몇 번이고 생각을 되뇌어본다. 그렇게 진동에 반응하지 않고 천천히 정리한 생각들을 상대에게 조심스럽게 건넨다. 성심성의껏 준비한 것들이 거들떠보지도 않는 무성의와 무례함에 당할지라도 넉넉한 마음과 웃음으로 한번 더 권해본다.

'착하다'는 소리를 자주 듣는다. 그렇게 살면 손해 볼 거라는 이야기도 자주 듣는다. "좋은 게 좋은 거지"라는 엄마의 말은 언제나 귓속을 맴돌아서, 좋은 게 좋은 것처럼 살아간다.

이렇게 살아가는 것이 처음엔 많이 불편했다. '누군가 나를 만만하게 생각하면 어떡하지. 만만하게 생각한다는 건 나를 깔보거나 아랫사람으로 보는 건 아닐까'라는 생각이 꼬리에 꼬리를 물고 뜯고 상처를 냈다. 그래서 만만해 보이고 싶지 않았고, 더욱 강하게 보이고 싶었다. 무시당하기 싫은 마음에 어쩔 땐 허세를 부리며 과장하기도 했다.

시간이 흘러 간혹 그때의 내 모습. 그러니까 그때의 내가 썼던 글과 남아 있는 사진, 기록된 영상, 나를 기억하는 사람들을 맞닥뜨릴 땐 언제나 얼굴이 빨개졌다. 부끄러움이 내 얼굴을 뒤덮었다. 그렇게밖에 할 수 없었던 자신이 참 어리고 촌스러웠다는 생각이 들었기에.

하지만 착한 건 착한 거였고, 만만하게 보는 건 만만하게 보는 거였다. 착해서 만만하게 보는 건 나의 문제가 아니라 만만하게 보는 그 사람의 태도가 문제였다. 겨우 한 끗 차이였다. 둘을 개별적인 문제로 놓고 보면 생각도 마음도 편해졌다.

더는 착하다는 이유로 나와 다른 감정을 지니고 있는 사람들, 나와는 섞이지 못할 온도를 갖고 있는 사람에게까지 친절하고 싶지는 않다. 그렇다고 해서 가시 돋은 말들을 주변에 뱉어대며, 나를 지키려 여러 벽을 쌓으며, 저 사람은 나쁜 사람이지 않을까 의심하며, 상처받을까 두려워하며, 그렇게 살고 싶지도 않다.

여전히 착한 사람이고 싶다. 그저 '나'이고 싶다.

불안

'나에게 어떤 일들이 다가올까.' 깊은 생각에 잠겨 내내 불안해했던 적이 있다. 오늘 이만큼이나 힘들었는데 내일은 더 힘들지 않을까? 시간이 지나갈수록 더욱 힘들어지는 것 같고 불안함 역시 몸집이 커져만 가는데, 나는 왜 아무것도 하지 못하고 이렇게 여리고 작은 모습들밖에 없는 것일까. 결국 그런 생각들은 계속해서 나를 좀먹는 일밖에 되지 못했다. 불안하니까, 불안해서, 불안할 수밖에 없어진 것이다.

잘될 수밖에 없는 일들 이곳저곳에 '불안'이라 불리는 살을 붙인다. 자기만의 고민 조금과 여기저기서 주워들었던 말들 조금, 의문 조금과 '내 주변에선 아니겠지'라는 생각 조금. 모두 다 조금이었는데, 어느새 몸집은 저만큼 불어나 있다. 어느새 빵빵해진 녀석은 다소 날카로워진 한 문장으로 건너온다. 입에서 귀로, 귀에서 마음으로. 마음 한편에 있던 '잘될 거야'라는 다짐이 흐릿해진다. 다짐이 흐릿해지니 불안이 찾아온다. 흔들리고 금방이라도 무너질 것만 같다.

"나는 행복해야만 돼."

어쩌면 이 말이 나를 계속해서 붙잡고 있었는지도 모른다. 피하고만 싶었던 불안과 불행, 실망을 받아들여야 온전한 행복을 느낄 수 있다. 그럼 행복이 더욱 크게 다가올 것이다. 불안해하고, 초조해하고, 두려워해야 한다. 불안하고 초조하고 두려울 때야말로 우린 무언가 시작하고 있다는, 잘해 나가고 있다는 소리니까.

불안함을 불안해하지 말고, 초조함을 초조해하지 말고, 두려움을 두려워하지 말자. 그럼 곧 행복이 찾아올 테니. 우린 그때 행복에 휩쓸리면 된다.

"인생? 어차피 혼자 살아가는 거다. 남 눈치보다 세월이 다 가버렸어. 그러니까 너는 그러지 마러. 생각나는 게 있음 그냥 햐." 어느 할아버지의 말씀이 다시 생각나는 밤이다.

불안해하고 두려워하고 초조해하는 건 실패가 두려워서, 무언가 잘못될까 봐, 끝이 보이지 않는 어둠 속으로 추락할까 봐 어림짐작한 두려운 마음 때문일 것이다. 그러나 인생은 단 한순간의 어떤 것으로 결정되거나 판단되지 않는다.

힘든 날엔 스스로를 흘러가고 있는 하나의 물줄기라고 생각하곤 한다. 높은 산에서부터 저 큰 바다로 흘러가는 동안 물고기도 만나게 되고 커다란 돌부리도 만나게 되고 다른 물줄기와 합쳐지기도 하는 것처럼. 모든 걸 흘러가는 과정 중 겪게 되는 것이라고 생각한다.

그렇게 편안함이 찾아온다. 흘러가며 불안할 때도, 걱정이 될 때도, 초조해질 때도, 일이 잘 안 풀릴 때도 있겠지만. 그런 때일수록 편안하게 생각했으면 좋겠다. '흘러가는 중이구나, 흘러가고 있으니까 이런 일들을 마주하게 되는 거구나'라고 말이다.

"어차피 불안할 거라면 인생 한 번뿐이니,
하고 싶은 거 하면서 살아라."

나는 이런 비슷한 말들을 자주 하는 편이다. 아니, 만나는 사람마다 하고 다닌다. 하고 싶은 것들을 하라는 말엔 참 많은 것이 들어가 있다. 꿈을 이루는 것도 사랑을 하는 것도 일상을 버텨낼 수 있는 취미도 다 포함이 될 수 있다. 우린 이렇게 책으로나마 만나게 됐으니 당신에게도 이야기하고 싶다. 그냥, 제발, 부탁인데 하고 싶은 거 하면서 사셨으면 좋겠다고 말이다.

사실 해보기 전까진 아무것도 알 수 없다. 하는 중에도 잘 모른다. 잘되는 건지, 잘하는 건지, 이게 맞는지. 그런 의미에서 다른 사람은 더더욱 절대로 모른다. 무언갈 시작하거나 하고 있는 중이라면, 잠깐은 귀를 막는 것도 좋다. 틀린 건 없다. 생각했던 방향이 아니더라도, 우리는 좋은 곳으로 향하는 중이다.

그럼, 그렇고 말고.

불안함을 불안해하지 말고,
초조함을 초조해하지 말고,
두려움을 두려워하지 말자.
그럼 곧 행복이 찾아올 테니.
우린 그때 행복에 휩쓸리면 된다.

그럴 만한 이유

모두가 퇴근하고 나면 제 할 일을 끝낸 텅 빈 사무실을 돌아본다. 오늘 나는 얼마만큼 나답게 살았을까. 결국 무엇이든 될 것 같다는 믿음은 얼마나 깨졌을까.

돌이켜보면 여전히 부족하고, 불안하며, 실수투성이이다. 더 많이 채우고 더 많이 느낄 때라 내 나름대로 해석해본다. 해석의 끝자락에 도달하면 채워야 함을 알 수 있다는 것에 무한한 감사를 느끼는 하루가 된다.

잘못 선택했던 것들에 후회하지 않으며 살고 싶다. 그때는 그럴 만한 이유가 있었던 거라고 믿고 싶다. 뒤돌아보면 별거 없다. 어떻게 해야겠다는 계획이 이루어진 건 드물 것이다. 그저 하다 보니 하게 됐고, 하다 보니 찾게 된 것뿐이다. 언제나 인생은 계획대로, 생각대로 되지 않는다.

그래서 불안하고 그래서 즐겁다.

인생을 살다보면 힘든 시기와 부족함을 느끼는

순간이 누구에게나 찾아온다. 특별히 어느 누구의 문은 두드리지 않고 넘어가는 경우는 없다. 그럴 때 헤쳐가기 위한 각자의 발버둥이 시작된다. 꼭 지켜낼 다짐 몇 가지를 한다거나, 내 편인 사람을 무작정 찾아가 이야기를 한다거나, 이 또한 지나갈 것이라고 꾹꾹 눌러 담는다거나. 혹은 모든 게 내 탓이라며 자책하기도 한다.

무엇이든 좋다. 얼마든 자책할 수도 있다. 하지만 그만큼 스스로를 다독여주고 위로해준다면, 그럼 우린 더 나아갈 수 있다.

오늘 나는 얼마만큼
나답게 살았을까.
결국 무엇이든 될 것 같다는
믿음은 얼마나 깨졌을까.

느낌

잘 살고 있는 거 같아. 그냥 그런 느낌이 들어.

비를 맞았다

비를 맞았다.

길을 나서기 전 분명 일기 예보도 확인하고 비가 온다는 말에 우산도 챙겨서 가방 안쪽에 넣었다. 그런데 지금 내 옷과 머리는 촉촉하게 젖어 있다. 잠깐 가방을 놓고 나온 사이, 그 순간에 비가 올 줄이야. 그래서 아무런 대책 없이 나는 비를 맞아 버렸다.

하염없이 내리는 비를 덜 맞으려고 빠른 걸음으로 거리를 지나다 심지어 뛰고 있는 나를 발견했다. 분명 비를 피할 수 있는 곳까지의 거리는 꽤 멀어 빗방울이 떨어지는 순간, 옷과 머리가 완벽하게 젖을 거라 예상했는데도 말이다.

머리와 어깨가 완전히 젖어버리고 나서야 비를 맞지 않으려 뛰어가는 행동이 의미가 없다는 생각이 들었다. 그래서 마치 물이 새고 있는 천장 바닥에 놓인 양동이처럼 그냥 모두 맞아 버리고 말았다. 이미 머리는 젖었고 옷도 몸에 착 달라붙어 버렸으니까.

그렇게 체념을 하고 천천히 걸으니 주변 나무들

이 보였다. 꽃잎을 보내고 새롭게 푸르른 걸 꺼내 놓은 모습들을. 봄이 가고 여름이 점점 오는 광경을 확인하고 그 촉감을 느꼈다. 몸은 젖어가고 추웠지만 비를 맞아서 느낀 감정들과 풍경들이 존재했다.

찝찝함이 있을 자리에 왠지 모를 상쾌함이 들어섰다.

요즘엔 특히나. 일상 속에 바쁜 것들과 내 마음대로 안 됐을 때, 시간에 쫓기고 있을 때, 어쩔 수 없는 상황들이 벌어졌을 때에 해결하지 못할 걸 알면서도 다급함과 초조함을 담아 짜증을 내고 화를 내버리는 내 모습들과 마주하는 일들이 잦아졌다.

'비를 맞아 버려야겠다'라는 생각을 진작 했더라면 여름이 성큼 다가오는 풍경들을 더욱 진하게 맞이할 수 있었을 것이다. 어차피 벌어진 일이라면 혹은 예상한 일들이었다면. 상황을 담담하게 받아들이고, 짜증보다는 미소를, 초조함보다는 여유를 갖고 맞이했다면 어땠을까. 주변 사람들에게도, 지나간 내 하루에도 만족하고 좋은 영향을 미치지 않았을까.

바쁜 일들이 계속될수록, 안 좋은 일들이 반복될수록 여유를 갖는 일들이 어려워진다. 그럴수록 상황을 멀리서 지켜보는 법과 잠시 마음의 여유를 갖는 법을 배워야 하지 않을까 싶다. 분명 지나갈 일들이니 조금 더 좋은 방향으로 보낸다면 더욱 의미 있는 일들로 남게 되지 않을까.

뭐가 됐든 결국 추억으로 남게 될 일들이니 아름다운 모습으로 추억을 남기고 싶다. 지금 이 순간 역시 모두 추억이 될 테니 언제나 눈부실 것이라 믿는다.

태도에 관하여

나는 글을 쓰는 작가이기도, 회사의 대표이기도, 카페의 바리스타이기도 하다. 그리고 어쩔 땐, 영업 담당자가 되기도 하고 책의 기획자가 되기도 하며 원고를 편집하는 사람이 되기도 한다. 아, 광고를 기획할 때도 더러 있다. 또한 누군가의 아들로, 누군가의 남자친구로, 누군가의 친구로, 누군가의 동생으로, 누군가의 직장 동료로 하루를, 시간이라는 정해진 영역 안에서 살아간다. 내 삶은 하나인데, 삶 속에서는 수많은 역할을 맡아 살아가고 있다.

작가로서 출판사를 마주했을 때 서운했던 점들과 보완됐으면 하는 점들을 생각하며 출판사를 운영하고 작가를 마주한다. 하지만 출판사 입장에서 작가를 대할 때, 과거 내가 겪었던 출판사의 입장을 대변하는 것처럼 행동하기도 했다.

카페를 운영할 땐 카페를 이용하는 손님의 입장에서 서운했던 점들과 미비한 점들을 보완하려고 노력한다. 하지만 카페를 운영하는 입장에서 손님을 생각할 때, 그만큼 생각하지 못했던 부분도 생기곤 했다.

수많은 역할을 수행하다 보면 가끔은 헷갈릴 때도 있다.

'이 상황에서는 이런 말들을 해야 했는데.'
'이렇게 대처하는 게 맞지 않을까.'
'다른 사람들의 입장도 생각하고 배려해야 하는데.'
'내가 서운했던 부분들을 똑같이 느끼게 했으면 안 됐을 텐데.'
여러 생각들이 겹치고 그 위에 또 겹쳐져서 점점 버거워진다.

'이렇게 살다 보면 어떻게 살아야 할까'라는 생각과 함께 태도에 관해 깊은 고민을 하곤 한다. 동시에 여러 일이 진행될 땐 정신을 꽉 잡고 있지 않으면 휩쓸려 떠내려갈 수 있으니 말이다.

내가 하는 일들은 여러 가지지만, 내가 추구하고 바라는 건 두 가지다.
'함께하는 것'과 '꼰대가 되지 않는 것'

은 이렇다.

각자의 명확한 역할이 있으며, 자신이 할 수 있는 범위와 할 수 없는 범위가 명확해지는 것. 전적으로 상대방의 범위와 역할은 인정해주며 존중하는 것. 적당한 공동체 의식을 갖고 살아가며, '우리'에게 속한 범위뿐만 아니라, '타인' 역시도 우리가 될 수 있음을 인지하고 사회적인 가치를 창출해내는 것. 다르다고 생각되는 것들 역시 인정하고 이해하려 노력하는 것. 나와 다름을 지니고 있는 사람들의 다양성을 존중해주는 것. 죽기 전 나의 일생을 돌이켜 봤을 때, '함께한다는 태도를 갖추고 행동하려 꾸준히 노력해왔구나'라는 생각으로 마음이 따뜻해지는 것.

은 이렇다.

나의 생각과 신념을 강요하지 않는 것. 시대가 변하고 있음을 깨닫고 변화에 발맞출 수 있는 감각을 기르는 것. 옳다고 생각하는 것들이 틀릴 수도 있음을 염두에 두는 것. 이 세상 모든 사람에게서 배울 점을 찾는 것. 사람과 사람 사이에 위아래를 두지 않는 것. 귀와 마음을 언제나 열어둘 용기를 갖는 것. 좋은 것들을 먼저 권해볼 수 있는 것. 누군가 나를 기억할 때, '좋은 사람'이라는 생각과 함께 마음 한 구석에 따뜻함을 느낄 수 있게 되는 것.

어떻게 살아야 할까에 대한 질문과 고민에 대한 답은 계속해서 변할 테고, 상황에 따라 달라지겠지만. 내가 생각하는 가치와 추구하는 것들을 응원해줄 사람들과 함께 평생을 따뜻하게 살아가고 싶은 마음은 변하지 않을 것이다.

앞으로 맡게 될 역할들이 하나둘 늘어나겠지만 그럴수록 맑은 마음으로 살아가고 싶다. 오래전 인연을 다시 마주하게 되더라도 부끄러운 마음이 들기보다는 그간의 안부를 궁금해하는 마음과 안녕과 행복을 빌어줄 여유를 갖고 있는 사람으로 영영 살아내고 싶다.

누가 뭐라 해도
나는 나로 살아가야 한다

몇 년 전의 일이다. 지인이 SNS에서 자신을 꾸준히 괴롭히는 사람이 있다고 했다. 처음 그 이야기를 들었을 때는 대수롭지 않게 넘겼고, 지인에게 심심치 않은 위로를 던질 뿐이었다. 하지만 그 친구는 만날 때마다 적지 않은 푸념을 늘어놓았다. 결국, 그 일로 인해 밥을 아예 먹지 못할 정도로 무기력해지는 일도 생겨버렸다는 소식이 들려왔다.

사안이 다소 심각해졌다는 생각에 내가 도와줄 일은 없느냐고 넌지시 물어보았다. 친구는 힘겹게 상황을 구체적으로 털어놓기 시작했다.

그 친구의 직업은 모델이라 그만큼 소문에 민감한데 과거가 들춰져 사실이 아닌 것까지 진실처럼 왜곡되게 전해져서, 모르는 이들까지 그 친구를 욕하고 있었다. 설상가상으로 친구가 앞으로 해야 하는 활동에까지 해가 될 수도 있던 터라 상황은 매우 심각해보였다.

나는 어떻게 이 상황을 해결하고 친구를 도와줄까 고민을 하던 찰나, '명예훼손죄'라는 것이 있음을 알게 되었고 명예훼손죄의 성립 요건을 알아보게 됐다. 명예훼손죄는 특정인에 대한 사실 또는 허위 사실을 불특정 다수에게 전파하여 특정인의 명예가 훼손되었을 때 성립된다고 한다.

처음엔 친구를 도와주려는 마음에 이 죄가 성립이 될 수 있는 요건에 대해 알아본 것인데 법의 성립 요건을 보면서 자연스럽게 친구에게 적당한 위로도 건넬 수 있게 되었다. "사실이건 허위 사실이건 명예를 훼손할 경우에 죄가 성립된다"라는 말이 씨앗이었는데, 내가 평소에 가지고 있는 생각과 비슷했다.

당신을 둘러싼 그 말이 진실인지 아닌지는 중요하지 않다. 대부분의 사람은 자신이 보고 싶은 모습들만 본다. 그러니 사람들의 시선에 굴복하지 않았으면 싶다. 보여주고 싶은 모습들을 보여주지 못하더라도 너무 신경 쓰지 말라는 말을 하고 싶다.

당신의 지금 모습은 다른 사람의 시선으로, 눈초리로, 의심으로 만들어진 것이 아니다. 모두 당신이 아파하고, 눈물 흘리며 지켜내고 버텨내고 쌓아온 것이다. 그 대부분의 사람이 어떻게 생각을 하는지는 중요하지 않다. 당신은 당신의 모습 그대로일 테니. 오늘도 당신은 당신으로 살아가야 한다는 말을 건네주고 싶다.

친구 이야기로 돌아가자면 결국 명예훼손죄가 성립되었고, 그 친구를 괴롭히던 익명의 범죄자들은 각각 300만 원의 벌금형을 처벌받았다. 이후 친구는 후련하다는 말과 함께 고맙다는 말을 건넸다. 다음에 이런 일이 있을 땐 어떻게 해결할 거냐는 질문을 대답으로 되묻자, 친구는 나에게 이런 말을 했다.

"또 신고하면 되지. 그런데 다음에 이런 일이 있더라도 나는 그대로일 거야. 누가 뭐라 해도 나는 나로 계속 살아갈 테니까."

Personality

하고 싶은 일들을 하며 행복하게 살아가고 있다고 말
하지만 사실 불안하다. 이번 책이 잘 팔릴지, 월수입
이 올라갈지, 이걸로 먹고살 수 있을지, 앞으로 계획
은 어떻게 짜야 할지, 함께 일할 사람으로 누굴 뽑아
야 할지, 직원들이 일하기 좋은 환경을 어떻게 만들
지, 오랜만에 온 연락을 받을지 말지, 받지 않는다면
나를 어떻게 생각할지. 모든 게 고민이다. 잘 살고 싶
은데 그러기가 힘들다. 나는 알아야 하는데, 모르고
싶은 것이 참 많아진다.

　"이번 책은 몇 권 팔았냐."
　"월수입은 어느 정도 되냐."
　"그걸로 먹고살 수 있냐."
　"앞으로 계획이 뭐냐."
　"나도 너네 회사에 취업 좀 시켜줘라."
　"연락 좀 받아라."

　듣고 싶은 답이 이미 정해져 있는 질문에 대답하
는 것도 질린다. 대꾸를 하지 않으니 오히려 마음이
편안하다. 그간 큰소리로 떠들고, 마음에도 없는 말
들을 뱉어대고, 몇 개의 가면을 쓰고 상대방을 대하

고, 억지웃음을 꾸역꾸역 지어대고, 가식적인 글들
과 말투로 번지르르 둘러대고 있었나.

　관계가 점점 줄지만, 아무래도 상관없다. 몇 번의
관계를 겪어내며 깨달았다. 누군가에게 둘러싸여 있
지만, 혼자 있고 싶은 성격, 이게 내 성격인가 보다.

　'성격'이라는 단어를 영어로 하면 'Personality'라
고 한다. 어원은 그리스어 'Persona'로 '가면'이라는
뜻이란다. 어쩌면 성격이라는 것은 몇 개의 가면들로
이뤄진 내 모습이 아닐까 싶다. 아무리 많은 가면을
쓰더라도 내 본모습을 꿰뚫고 있는 사람을 만날 때면
마음이 편해진다.

　사람들에게 치여 살다보면, 가끔 혼자이고 싶을
때가 있다. 쓸데없는 관심들 또는 무심한 듯 툭 내뱉
는 말에 번번이 상처받다 보니, 가끔 혼자 있고 싶어
지는 것이다. 주위를 둘러볼 때면 혼자 있고 싶다는
생각이 더욱 강렬해진다. 나를 제외한 모두가 잘 사
는 것만 같다. 모두들 일은 술술 풀려가는 것 같고,
나만 제자리에서 발을 동동 구르고 있는 것 같다. 내

마음을 다 알아줄 것 같던 친구도 이젠 곁에 없는 건 아닌가 하는 생각이 든다.

이럴 땐 내가 참 못난 사람이라 그런가 싶기도 한데, 늘 곁을 지켜주는 사람들을 보면 또 그게 아닌가 싶기도 하다.

겨우 버텨내고 있으면서 무려 행복하고 싶었다. 행복하고 싶은 욕구가 속절없이 밀려온다. 요즘엔 '겨우'와 '무려' 사이를 하루에도 몇 번이고 오간다. 몸도 마음도 엉망인 상태인데 계속해서 나아가고 싶은 마음에 앞만 보느라 주변을 둘러볼 여유가 없었던 것 같다. 게다가 집 안 상태마저 엉망이다. 내 꼴을 볼 때면 한숨만 푹푹 나온다. 이런 상태로 누구의 이야기를 들어주며, 누구에게 힘을 주겠나.

'잘할 수 있을까? 잘 살 수 있을까?'라는 불안에 휩싸이지만, 그럼에도 불구하고 여전히 즐겁다. 글에 조금 더 집중하고, 내뱉는 말들에 조금 더 힘을 싣고, 행동 하나하나가 거침없는 사람이 되고 싶다. 자주 흔들리고, 종종 무너지고, 가끔 다치기도 하겠지만, 그래도 꿋꿋하게 나아갔으면 좋겠다. 여전히 꾸준한 사람이고 싶다. 조금 더 나다운 삶을 살아내고 싶다.

인생은 선택과 선택하지 않은 것들의 연속이라고 했다. 선택했다면 선택하지 않은 것들에 대해 감당할 수 있어야 된다는 말이겠지. 선택하고 후회하는 것 역시 나의 몫일 테고, 선택을 통해 기뻐하고 큰 성취를 얻는 것 역시 나의 몫이다. 어떤 선택을 하든, 옳은 선택으로 만들어가고 싶은 마음이다. 뭐, 그게 내 과정일 테고.

훗날 돌이켜 봤을 때, 그때의 나는 지금의 나를 부러워할까, 자랑스러워할까. 나는 부디 그때의 내가 지금의 나를 자랑스러워하길 바란다. 과거에 조금 더 집착해 있지 않기를 바란다. 모든 순간이 행복한 추억으로 남았으면 좋겠다. 모든 게 제발.

내가 원하는 삶

나는 모든 걱정과 고민과 두려움과 불안 속에서도 '그럼에도 불구하고 나는 할 수 있다'라고 외치며 살아가고 싶다. 걱정과 고민과 두려움과 불안이 없는 삶을 살고 싶지는 않다. 그 모든 결핍과 고난은 내 삶을 이끌어 줄 원동력과 같은 존재들이기에.

'사람'을 발음하면 입술이 닫힌다. '사랑'을 발음하면 입술이 열린다. 사람은 사랑으로 여는 것이다. 그리고 삶을 이루는 건 사람과 사랑이다. 삶을 이루는 사랑에는 여러 범주의 사랑이 들어가 있을 것이다. 연인 간의 사랑뿐만 아니라 가족, 친구, 직장 동료 그리고 자신의 일, 자신의 오늘, 자신의 인생 등등. 결국 사랑하기에 가능한 일들이 대부분이지 않을까.

여전히 많은 것을 사랑하고 싶다. 내 결핍까지도. 행복을 바라보며 언제나 사랑하고 내가 가진 꿈을 영영 포기하고 싶지 않다. 태어났으니 숨 막히도록 무언갈 하고 싶다는 생각이 들었던 것들을 죽는 날까지 하면서 살고 싶다.

내 사람들에게 해가 되지 않고 싶다. 더 나아가 그들에게 그럼에도 불구하고 살아갈 수 있게 만들어 주는 사람이고 싶다. 그리고 끝까지 내 삶을, 나를 의심하지 않을 것이다. 내가 하고 있는 것들과 하려는 것들을 믿어주고 싶다. 결국 영원한 내 편은 나라는 생각을 꾸준히 하고 싶다. 그렇게 살아가고 싶다.

하지만 끝끝내 인생의 정답은 찾지 못할 것이다. 생의 끝에선 인생에 정해진 답이란 없다는 사실을 알게 될 것이며, 내가 선택한 것들을 정답으로 간주한 채 이전처럼 그렇게, 나는 살아갈 것이다.

내 삶의 궁극적인 목표는 행복이다. 행복을 느꼈던 순간은 내 삶에 다가오는 것들을 사랑했을 때였다. 그리고 끝끝내 행복하다는 말을 하며 죽고 싶다.

CHAPTER 2

놓친 마음

마음을 다해본 사람은 알고 있다. 붙잡으려 애를 써도 잡히지 않는 사람이 있는 한편, 무슨 일을 하더라도 평생 내 편이 되어줄 사람이 있다는 것을.

그럼에도 불구하고 나는 관계에 있어서 모든 마음을 다하는 편이다. 살아가면서 떠나간 사람에 대한 아쉬움을 덜어내고자. 언제나 인간관계에 있어서 '어차피'라는 생각을 염두에 두면 마음이 편해진다. 내 사람에게 더 집중할 수 있고, 그래서 더 사랑할 수 있게 된다. 마음도 관계도 사랑도. 모든 걸 쏟아냈을 때 비로소 그 진가를 깨달을 수 있다.

놓친 마음들아, 안녕.

봄비

"다사다난했던 1년이 지나갔다"라고들 표현한다. 나의 1년도 그랬다. 불행이라고 불리는 일이 찾아왔던 날도 있고, 실패라고 판단되는 일이 찾아왔던 날도 있다. 어느 날, 공교롭게도 똑같은 하루에 마치 짝꿍처럼 불행과 실패가 손을 잡고 내 인생에 노크 없이 방문한 적이 있었다.

기획했던 프로젝트를 보기 좋게 말아먹었던 날이었다. 누군가 말했다. 실패 역시 '과정'이 남는다고 하던가. 막상 겪어 보니, 프로젝트를 진행해오면서 고생했던 과정이 떠오르기보단 당장 눈앞에 다가온 실패라는 녀석이 너무나도 커 보였다. 1년간 열심히 준비했던 게 물거품이 되어 버린 기분이 들었고, 어디론가 숨어 버리고 싶었다. 주변에 당당하게 이야기하고 다녔던 내가 바보 같았다. '내 능력이 이것밖에 안되는 건가'라는 생각이 온몸을 무기력하게 만들었다.

실패라는 건 그랬다. 사람을 무기력하게 만들어버린다. 마치 아무것도 아닌 존재가 되어 허공에 떠다니는 먼지가 된 느낌이었다.

그런 날, 하필 계약을 파기하고 싶다는 문자를 받았다. 계약을 파기한 그 사람이 너무나도 미워졌지만 이런 불행과 실패를 아무런 예고도 없이 한꺼번에 겪게 만드는 세상이 더 미웠다. 어떤 일부터 처리해야 할지 막막했다. 누구한테 이 이야기를 전해야 하는 건지, 밥부터 먹어야 하는 건지, 이런 내가 밥을 먹을 자격은 있는 건지, 눈물을 흘려야 할지, 눈물을 흘릴 시간은 있는 건지. 모든 게 까마득했다.

그렇게 어쩔 줄 몰라 하는 나에게 문자 한 통이 왔다.

"이제껏 불평불만 없이 묵묵히 잘 자라줘서 고마워.
각자의 자리에서 충실한 모습이 대견하네.
봄비가 오네. 밥 잘 챙겨 먹어 꼭"

엄마였다. 100글자도 안 되는 문자에 눈물이 났다. 비가 와서 그런지 눈앞이 더 뿌예졌다. 그리곤 뼈다귀 해장국을 먹으러 갔다. 실패해도, 불행이 찾아와도 밥은 먹어야 되니까. 뼈를 발라내며, 내리는 비를 보며, 꾸역꾸역 밥을 넘기는 내 모습을 바라보며,

마트에서 바쁘게 계산을 하다가 내리는 비를 보곤 문자를 보냈을 엄마를 생각하며, 한 가지 생각을 했다. 다 지나갈 거니까, 그럼에도 불구하고 버텨보자.

"신은 우리가 감당할 수 있을 만큼의 시련을 준다"라는 말을 좋아한다. 종교가 없는 입장에서 저 말을 다시 풀어보자면 '시련은 우리가 감당할 수 있을 만큼만 찾아온다' 정도이지 않을까.

시련에 대해서도 그런 생각과 태도를 유지하고 있지만, 안 좋은 일들은 한꺼번에 다가온다는 걸 항상 염두에 두고 있는 편이다. 보통 불행한 일이나 실패가 찾아오면 자신이 이제껏 해온 일들과 겪어온 것들이 다 부질없어 보이기 때문일까. 사람들은 좌절에 빠진다. 나 또한 그런 날들이 여럿 있었고, 나와 같은 상황에 처한 사람들을 여럿 봐왔다. 사람들은 좌절을 두 가지 태도로 대했다. 좌절하며 가만히 있든가, 그럼에도 불구하고 살아내든가.

만약 불행한 일들이나 실패를 겪을 때면, 그 모든 일 또한 인생이라는 책을 써내려가는 동안 마주하게 될 페이지 중 하나일 뿐일 테니, 너무 당황하거나 짜증내지 말고, 힘들어하지도 않았으면 좋겠다. 힘든 순간도 유통기한이 존재하니 결국 지나갈 것이기 때문이다.

이 과정을 겪어내며 폐기된 힘듦을 돌이켜 봤을 때, 그 순간들을 버텨내고 지켜낼 수 있었던 건 내 덕분일 수도 있지만, 실은 '사람' 덕분이었다. 아아, 더 구체적으로 표현하자면 '내 곁에 있는 사람들' 덕분이었다. 내 곁에 있는 사람들은 좋은 일이 있을 땐 함께 축하해주고, 슬픈 일이 있을 땐 위로해주었다. 그리고 같이 있어 주었다. 내가 어떤 모습을 하건, 어떤 상황에 놓여 있건 늘 함께해 주었다. 그들만의 따뜻한 온기로 나를 품어줬다.

그래서 나는 평생을 고마워하고 싶다. 그리워하거나 미안해하지 않고 그저 고마워하고 싶다. 그리워한다는 건 더는 보지 못한다는 거니까. 미안해한다는 건 더는 내가 해줄 수 있는 게 없다는 거니까. 나는 그저 고마워하고 싶다. 앞으로도 자주자주 만나면서, 내가 갖고 있는 것들로 내 곁에 있는 사람들을 기쁘게 만들어주고 싶다. 관계에 있어서만큼은 언젠간 폐

기될 운명을 결정짓는 유통기한이 없었으면 한다.

　여러모로 '안녕'이라 말할 것이 많아지는 요즘. 다
가오는 것들이 행운일지 아니면 불행일지는 예측할
수 없다. 성공일지 실패일지 역시 여전히 알 수 없을
테지만, 어쨌든 지나갈 것이다. 그리고 아무 일 없었
던 것처럼 좋아질 것이다. 분명.

주고받음

주는 게 있어야 받을 수 있다. 오는 게 있어야 갈 것도 생긴다는 말. 모든 관계는 '주고받음'이 있어야 유지된다는 어느 동료 작가의 말이 뇌리에 맴돌았다. "연락을 안 해서 서운하다. 연락 좀 해라"라는 말은 누구나 할 수 있고 흔히 듣는 말이지만, 정작 본인이 먼저 연락을 하는 경우는 드물었다. 적어도 내가 겪어낸 관계에 있어선 말이다.

하지만 그 작가는 달랐다. 실제로 말과 행동이 일치하는 사람이었다. 본인이 생각날 때면, "생각나서 전화했어"라며 그저 안부만 묻고 전화를 끊곤 했었다. 처음엔 다른 의도가 있는 건 아닐까 하고 의심하기도 했다. 아무 이유 없이 안부를 묻는다는 건 지나온 내 삶에 비춰볼 때 생소한 경험이었기에. 놀랍게도 그건 그 사람 자체, 본성, 기질이었다. 그저 생각나서 안부를 묻곤 전화를 끊는 그런 사람이었다. 나라는 사람을 목적 없이 궁금해해줄 수 있는 사람이었다.

관계를 겪어내는 과정 안에서 받는 것이 익숙한 사람을 많이 보게 됐다. 보통은 그런 사람들과는 인연을 이어가야 하는 것일까 하는 의구심이 가득해지기 마련. 그 역시 받기만 하는 사람들을 마주할 때면 누가 됐든 인연이 오래오래 이어지지 못한다고 했다. 공감되는 말이었다. 받는 것에 익숙한 사람들은 대부분 표현엔 서툴렀다. '고마워'와 '미안해'라는 말을 입에 담는 걸 어색해한다. 그들은 고마운 것들을 고마워하지 못하고, 미안한 것들을 미안해하지 않았다. 관계가 이어지는 건 결국 서로를 생각하는 마음과 마음이 연결되는 거라고 생각을 해서 그랬던 탓일까. 그들과 함께 하는 동안엔 마음이 더욱 좁아지고 주는 걸 망설이게 됐다.

마음도 역시 주고받음이 있어야 한다고 생각한다. 마음이라는 건 주고받을 때 크기도 커지고 더불어 온도도 올라간다. 마음이 갔으면 상대방에 의해 다시 나에게 돌아와야 한다. 그래야 상대방에게 전해진 마음의 빈자리를 채우고, 더욱 크고 따뜻한 마음을 나눠줄 수 있기 때문이다. 받는 것에 익숙해져 그저 받기만 하는 사람은 마음을 닫고 있는 것과 비슷하다고 생각한다. 마음을 닫은 사람에게 마음을 전달하는 것만큼 힘든 게 있을까. 나는 배우지 않았는데, 힘들 수밖에.

마음을 주고받는 것. 결국 상대방을 생각하고 공감하고 배려하는 일이다. 동질감과 공감, 유대하는 것들이 사람을 심리적으로 안정적이게 만든다. 의지할 사람이 있다는 것. 주고받음이 계속해서 이어지는 것. 내 모습 그대로를 받아줄 수 있는 사람. 무언가를 원하지 않고 있는 그대로를 사랑해줄 수 있는 사람. 비로소 마음에 안식처가 생긴 것이다. 나는 물론이고, 내 의견을 지지해줄 사람. 그런 사람을 내내 곁에 두고 싶다.

에어컨

그해 여름은 무척 더웠다. 무척 더웠다는 말로 그해 여름의 더위를 다 표현할 수 있을까? 뉴스에선 더운 날씨에 가축이 폐사될 뿐만 아니라, 사람도 길거리를 걷다가 쓰러지는 경우가 있다는 이야기가 나올 정도로 무더웠다. 당시 나는 군인이었는데, 군인 신분임에도 불구하고 실내에만 틀어박혀 있었던 것 같다. 너무 더운 날씨 탓에 훈련마저 취소됐기 때문이었다.

아무튼 그 정도로 더운 날, 부모님 생각이 났다. 당시 우리 집엔 에어컨이 없었다. 에어컨이 없었던 이유는 굳이 에어컨을 켤 필요성이 없었기 때문이었다. 집 앞엔 산이 있어서 여름이면 산바람이 솔솔 불어와 굳이 인공적으로 시원하게 만들어진 바람을 쐴 필요가 없었다. 모두들 열대야 때문에 잠 못 이루는 밤. 우리 가족은 시원한 바람을 맞으며 단잠을 잘 수 있었으니까.

엄마는 무엇이든 오랫동안 진득하게 썼다. 우리 집 드라이기가 그랬고, 텔레비전이 그랬다. 전자레인지가 그랬고, 압력 밥솥이 그랬다. 어떤 전자 제품은 내 나이 또래 정도가 되기도 했으니 엄마의 절약 정신은 정말로 알아줄 만했다. 그중 선풍기는 내 오랜 친구였다. 어렸을 때부터 지금까지 나와 함께 여름을 보내고 있으니. 엄마는 아껴 쓰는 데 있어선 대한민국에서 손꼽힐 수 있지 않을까 싶다. 나는 살면서 이사를 한 적이 몇 번 되지 않았다. 역시나 무엇이든 하나를 진득하게 오래 고집하는 엄마의 성격 덕분이었다.

그러던 어느 날, 우리 집과 앞산 사이에 새로운 아파트 단지 공사가 시행되었다. 아파트가 올라갈수록 산에서 불어오던 바람이 더는 불어오지 않았다. 한땐 선풍기 한 대로도 춥다는 이야기가 나왔던 여름이었지만, 이젠 옛말이 되었다.

엄청난 더위가 찾아오기 직전 어느 초여름 날, 오랜만에 찾아간 집에선 엄마가 땀을 흘리고 있었다. 왜 이렇게 땀을 흘리냐고 묻자 더워서, 갱년기가 찾아오는 것 같다고 답하셨다. 못난 나는 대답 없는 질문만 던졌다. 그러곤 모른 척해 버렸다.

그리고 엄마는 에어컨을 하나 사야 되나 하고 지

나가는 말을 했다. 나는 그제야, 에어컨은 비싸지 않으냐고 물었다. 엄마는 "에어컨 비싸지. 그래서 고민 중이야. 이번 달에 들어갈 돈이 많아서"라고 답했다.

　초여름이 지나고 여름의 정점으로 향하고 있었다. 후덥지근한 공기가 내 주변을 에워싸고 있었다. 하필, 훈련이 있던 날이었다. 목은 타들어가고, 군복이 땀으로 뒤범벅되어 훈련이 빨리 끝나기만을 기다렸다. 그러던 와중에 날이 너무 더워 사고가 날 수도 있다는 이유로 훈련이 종료됐다. 탈진 증세를 보이는 친구도 많았고 심지어 일사병 증세를 보이는 친구도 있었다.

　그러다 아차 싶었다. 집에 에어컨이 없는데, 분명 더울 텐데, 엄마 또 땀 흘리고 계실 텐데. 훈련이 끝나자마자 엄마에게 전화를 걸었다.

　"엄마, 에어컨 샀어?"
　"아니 못 샀지. 이번 달에 돈 들어갈 데가 많아서… 왜?"
　"… 미안해, 엄마."

"뭐가 미안해."

"뭐가 미안해"라는 말에 눈물이 났다. 미안한 마음도 눈물도 멈추질 않았다.

여름은 어떻게 보내고 계시냐는 질문에 엄마는 걱정 말라고 답했다. 그제 밤엔 더운 날씨 덕분에 아빠 차에서 에어컨 틀어놓고 시원하게 데이트도 했다며. 걱정 말라는 말에 나는 얼마 전 초여름에도 땀 흘리는 엄마를 모른 척했던 게 생각이 났다. 무심했던 내가 미워졌다. 엄마는 아끼는 게 익숙할 것이라고만 생각했다. 더워도 잘 참을 수 있을 거라고 생각했다. 못난 바보 같았다.

그날, 나는 급히 인터넷으로 에어컨을 주문했다. 그리고 다음 날 아침 엄마에게 다시 전화를 걸었다.

"엄마, 에어컨 주문했는데 이거 설치해야 된대. 엄마 이번 주 쉬는 날이 언제야?"

"네가 무슨 돈이 있다고 에어컨을 샀어?"

"나 이번에 월급도 들어오고 인세도 들어왔어. 엄마, 쉬는 날 언제야?"

"엄마 목요일에 쉬어. 아이구 참. 에어컨 내년 여름에 사려구 했는데."

엄마는 미안해했다. 내년에 살 거였다면서, 연신 괜찮다고 말했다. 그렇게 우리 집엔 에어컨이 설치되었고, 엄마한테 문자가 왔다.

'상현이 덕분에 이번 여름은 션하게 보낼 수 있겠어~ 고마워~'
'오늘도 덕분에 시원하게 자고 일어났네~ 고마워~'

아, 시원하다는 말이 왜 이렇게 슬플까. 여름 내내 아침마다 덕분에 시원하게 잤다는 말이 코끝을 찡하게 만들었다. 엄마, 엄마는 언제나 눈물겨웠다. 그해 여름 내내 엄마의 핸드폰 배경화면은 에어컨이었다. 엄마의 자랑, 엄마의 행복. 나는 그런 존재였다.

이토록 사랑스러운 사람과 오랫동안 함께했으면 싶다. 정말로 엄마가 행복하길 바란다, 그 누구보다. 그 행복을 내가 줄 수 있다면야 더할 나위 없이 좋을 테고.

엄마. 엄마, 우리 엄마.

성윤숙 씨. 윤숙 씨. 성여사님.

우리가 더욱더 더욱더 더욱더

행복했으면 좋겠어, 엄마.

엄마, 내 첫 번째 발음.

엄마. 행복해졌으면 좋겠어.

표현에 관하여

'표현'은 인간이 자신을 드러낼 수 있는 가장 유용한 수단이자 도구이지 않을까. 표현에 여러 범주들이 존재하겠지만, 내가 생각하는 가장 바람직한 표현은 '감정'을 이야기하는 것이다. 그중 마음을 인정하는 감정들이 더욱 그렇다. 마음을 인정하는 감정이란 무엇일까. 사랑하고, 고맙고, 미안한 감정이 그런 것들이라 생각한다. 주변을 둘러보니 사람들이 표현에 너무 인색하다는 생각을 했다.

대학 시절 어떤 선배는 조별 과제를 하는 내내 자신이 할 일을 나에게 떠넘겼다. 학기가 끝나고 방학이 찾아올 무렵, 선배는 나를 조용히 부르더니 고맙다고 했다. 그동안 고맙다는 말을 하지 못했던 이유는 고맙다는 말을 하면 빚을 진 느낌이라서 잘 꺼내지 못했었다는 이유와 함께. 그가 미안하다는 말을 결국 꺼내지 못했던 건 미안하지 않아서였을까 아니면 미안하다고 이야기하면 자신이 진 것 같은 기분이 들어서였을까 하는 의문을 남긴 채로 그와의 인연은 그렇게 끊어졌다.

연인 간의 관계, 친구와의 관계, 부모님과의 관계,

직장 동료와의 관계 등 모든 관계에서 사랑하고, 고맙고, 미안한 순간들이 찾아온다. 나는 그럴 때마다 표현을 아끼지 않으려 한다. 특히나 사랑하고 고마운 일들이 그렇다. 나와 관계를 유지하려 노력하는 그들에게 매 순간 고맙다. 내 곁을 지켜주고 신경 쓰고 기억해주는 그들이 고맙다. 그래서 작고 사소한 일에도 고맙다고 말한다.

자주 사랑한다고 이야기한다. 사랑은 유행을 타지 않으니까. 아, 언제든 말해도 촌스럽지 않다.

미안한 일들은 되도록 만들고 싶지 않지만 의도치 않게 일이 생기곤 한다. 나만 미안해지는 일이 있을 때는 상대방이 서운함을 느끼기도 전에 미안함을 전하려 노력한다. 어떤 부분이 미안하고 당신이 어떤 서운함을 느꼈을지, 앞으로 이런 일이 일어나지 않도록 노력하리라는 것에 대해 내가 품고 있는 문장들과 마음들로 미안함을 표현한다. 그럼 나의 미안함도 그의 서운함도 쉽게 풀리곤 한다.

언젠가 미안한 일이 생겼을 때, 미안하다는 말을

미루고 미뤘던 적이 있다. 끝내 표현하지 못했다. 자존심 때문이었던 걸로 기억한다. 미안한 일이 생길 때마다 그때의 그 일이, 나의 행동이 떠오른다. 그 상황에서 나는 꾸밈없이 미안하다는 말, 그 말 한마디면 해결될 일에 숱한 변명과 뻔한 핑계들을 늘어놓기에 바빴다.

상대방과 나의 관계는 풀 수 없을 만큼 더욱 엉켜버렸다. 너무 꼬여버린 실은 가위로든, 입으로든 끊어내야만 한다. 그렇게 그와의 인연은 끊어지고 말았다. 몇 년이 지난 지금도 여전히 그에게 미안한 감정이 있다. 그러니 미안한 마음은 되도록 꾸밈없이 모든 걸 내려놓고 구체적이고 빠르게 표현하는 게 좋다. 결국 사랑하고 고맙고 미안한 감정은 솔직하게 내 마음 그대로 전달하는 게 가장 효과적이라고 생각한다.

하지만 간혹, 하고 싶은 말을 솔직히 표현한다는 의미로 포장한 채 주변 사람은 신경 쓰지 않고 모두 내뱉는 사람이 있다. 감정을 솔직히 표현하는 것과 무턱대고 내뱉는 건 엄연히 다른 개념이다. '나는 솔

직한 성격이야'라는 자신만의 전제하에 말을 무턱대
고 내뱉는 것은 포장된 칼을 무작정 휘둘러 여러 사
람을 다치게 하는 행동과 다를 게 없다고 생각한다.

다름을 이해하는 것

서로가 다르다는 것을 온전하게 깨달았을 때, 비로소 상대방을 이해할 수 있다. 완벽하게 다른 환경에서 자라온 서로 다른 사람들을 이해한다는 것은 결코 쉬운 일이 아니다. 이해하는 것은 단순히 상대를 헤아리는 것만을 의미하는 것이 아니다. 이해한다는 것은 그 사람을 인정하고 받아들이는 것을 넘어서, 그 사람의 입장에서 생각하고 충분히 공감한다는 의미이기 때문이다.

상대를 이해하기 가장 쉬운 방법은 '그 사람의 입장에서 생각해보기'라는 이야기를 많이 들어봤을 것이다. 내가 바라보는 상황과 그 사람이 바라보는 상황이 완벽하게 다를 수 있다. 다를 수 있다는 것을 인지하고 받아들이는 순간, 그 사람을 이해하려는 첫 번째 발걸음을 내딛은 것이다. 우린 완벽하게 다르다. 온전하게 이해할 수도 없을뿐더러 상황을 받아들이는 방법 또한 완벽하게 다르다.

사실 다른 사람을 온전하게 이해하는 건 불가능한 일이다. 그 입장에서 생각해보고 고려해야만 배려해줄 수 있다. 가까울수록 '다름'을 잊는 경우가 많다. 친밀감이 깊어질수록 상대가 자신을 온전히 파악하게 될 것이라고 생각하기 때문이다. 자신의 마음을 스스로도 알아차리기 힘들 때가 많듯이 다른 사람의 마음을 알아차린다는 건 절대적으로 불가능한 일이다.

간혹 인간관계가 힘들다는 생각이 드는 순간이 있다. 그럴 땐, 단순하게 생각하면 쉬워진다. 내가 다른 사람의 뜻에 맞추어 살아가지 않듯이 다른 사람들도 나의 뜻에 맞추어 살아가는 것이 아니다. 그뿐이다. 우린 모두 각자의 이익과 뜻에 따라 행동하고 살아간다.

서로의 다름을 이해하려고 노력한다면, 살아가는 동안 관계에서 오는 스트레스로부터 조금은 자유로워질 수 있다.

오늘의 즐거움

오랜만에 고향에 내려갔습니다. 한여름이라 가장 더울 때였구요. 마음 맞는 친구들과 계곡에 놀러가기로 했습니다. 계곡엔 사람이 참 많았어요. 성수기 중에 성수기였기 때문이었습니다.

계곡에 발을 담그고 백숙 한 마리를 먹으려던 우리의 계획은 완전히 망가져버렸습니다. 계곡 물은 상류에서부터 너무 많은 사람의 발길과 손길과 몸짓으로 뿌옇게 변해버린 채 흘러내려 오고 있었고, 심지어 사람이 하도 많아 우리가 앉을 자리도 없었어요.

그렇게 그 더운 날 우리는 계곡보단 사람을 구경했고, 땀을 뻘뻘 흘리는 서로의 모습을 보고는 에어컨이 빵빵한 백숙집에 들어갔습니다.

백숙은 맛있었고, 술은 멈추지 않고 들어갔습니다. 안주가 좋았던 탓인지 취하질 않았어요. 우리는 2차를 갔고 3차를 갔고 4차를 갔습니다. 그리곤 제 기억 역시 술과 안주와 함께 사라졌습니다.

술을 너무 많이 마신 탓인지 인사불성이 되었어

요. 제 한 몸 가누기 힘들 정도였죠. 가장 친한 형이 직접 집까지 데려다줄 정도로 취했습니다. 그렇게 마음 놓고 술을 마셨던 적이 언제였던지, 정말 편하게 마셨습니다.

술을 마실 때면 늘 긴장을 했어요. 실수하지는 않을까. 이 사람은 무슨 의도로 나와 술을 마시자고 하는 걸까. 어떤 말을 하려고 술을 마시자 한 걸까. 어쨌건 저는 완전히 취해버렸고, 집에 끌려가다시피 도착해서는 이불에 눕고 잠이 들었습니다.

아, 물론 기억은 나지 않아요.

그런데 토를 해버렸어요. 이불에다가. 모든 걸 게워내 버렸습니다. 그렇게 모든 걸 비워낸 게 얼마만인지 모르겠습니다. 저는 아침에, 아직 술이 덜 깨 가까스로 눈을 뜨고 나서야 이 사실을 알게 되었죠. 엄마의 비속어와 아빠의 질책과 동생의 힐난이 함께하는 아침을 맞이할 수 있었어요.

엄마는 그랬습니다. 요즘 세상이 어떤 세상인데

그렇게 정신 놓고 술을 마시냐고. 네 또래 아이들은 다들 치열하게 사느라 술 마실 시간도 없이 바쁘다며. 저를 다그쳤습니다. 그런데요, 이상하게도 엄마한테 잔소리를 듣는 내내 웃음이 나더라구요.

잔소리를 듣던 아침까지 취해서 그랬던 건 절대 아니구요. 예전에는 그렇게도 듣기 싫던 잔소리가 반가웠어요. 참 그리웠습니다.

오랫동안 만나지 못했던 잔소리와 다시 만나게 되니 배시시 웃음부터 나왔습니다. 행복했습니다. 정말로요. 그리고 감사했습니다. 아직 나에게 잔소리 해줄 사람들이 살아 있다는 것에, 내 곁에 있어준다는 것에 대해서요. 나는 아직 잔소리를 들을 수 있어요.

그리구요. 그동안 편하게 술을 마시지 못한 탓일까요. 곰곰이 생각해보니 모든 걸 게워낸 게 얼마만인지 모르겠습니다.

그래서 하고 싶은 말이 있습니다. 어제의 과오를 안고 살아가기보단, 오늘의 즐거움을 찾아가며 살아갔으면 해요.

우린 우리만으로 충분하다

걱정하지 마라. 아직 아무 일도 일어나지 않았다. 설령 그 일이 일어난다고 한들, 당신의 힘으로 해결 가능한 일들이다. 당신이라서 가능했던 일들이 조금 더 많아지길 바란다. 결국 오늘의 걱정은 내일이면 사라질 것이다.

분홍빛 좌석

지하철 앞자리엔 다섯 살 정도 돼 보이는 여자아이와 엄마가 앉았다. 아이는 조잘조잘 재잘재잘, 무슨 할 말이 그리도 많은지 쉴 새 없이 엄마와 눈을 맞추며 대화를 나눈다.

그러다 사람들로 꽉 찬 지하철 좌석 중에 분홍빛으로 돋보이는 자리가 비어 있는 걸 본다. 아이는 궁금함으로 가득 차 반짝거리는 눈으로 엄마를 올려다보며 질문한다.

"엄마! 왜 저 자리는 비어 있어?" 엄마는 "임산부석이라서 비어 있는 거야"라고 아이의 눈을 바라보며 대답한다. 그러자 아이는 다시 "왜 비워주는 거야?"라고 묻는다. 엄마는 "임신하면 힘드니까, 사람들이 배려해주는 거야"라고 말한다. 그 대답을 들은 아이는 "그럼 우리도 예전에 저기 앉아 있었어?"라고 물어본다. 엄마는 "그럼~ 사람들이 배려해줘서 우리도 앉아 있었지"라고 대답한다.

그렇게 아이와 엄마와의 대화가 공을 패스하듯 자연스럽게 오고 갔다. 그들의 따뜻한 경기에 나는 시선을 빼앗겼다. 따뜻하면서도 기분 좋아지는 광경이었다.

요즘은 비어 있는 임산부석을 본 적이 거의 없었다. 임산부석이라는 이름이 무색하게 제 본분을 다하지 못하고 있었다. 그런데 입가가 흐뭇해지는 대화를 들으니 비어 있는 임산부석이 참으로 따뜻해보였다.

비어 있는 자리엔 배려심이라는 보이지 않는 마음이 앉아 있었다. 우리가 살아가는 세상은 각박하고 차갑다지만, 우리 모두의 마음 한 구석엔 배려와 따뜻함이 가득했으면 좋겠다. 삶은, 세상은 그렇게 변해갈 테니까.

기억과 죽음

전방십자인대와 연골을 다쳐 병원에 한참 입원해 있을 무렵이었다. 병원에만 콕 박혀 있는 게 너무나도 답답해서 어떻게든 밖에 나가 무언가 하고 싶어졌던 나는 절뚝거리며 병원을 나섰다. 두 달 만의 외출이었다. 오전 열 시를 가득 채운 아름다웠던 공기, 눈이 내린 지 얼마 안 된 거리, 분주했던 출근 시간이 지나 여유로워진 분위기. 내 오른쪽 무릎만 빼고 모든 게 완벽한 날이었다.

가장 먼저 하고 싶었던 건, 영화관에서 영화를 보는 일이었다. 영화관에 도착하자마자 가장 빨리 볼 수 있는 영화를 골랐다. 픽사에서 만든 〈코코〉라는 애니메이션 영화였다.

멕시코가 배경인 애니메이션 영화 〈코코〉는 기억과 죽음에 관한 이야기를 주로 보여줬다. 영화에서 보여준 죽음은 기억이 바탕이 되었다. 이승세계와 저승세계가 따로 나뉘어 있지만 저승세계에 있다고 해서 진정한 죽음을 맞이하는 건 아니었다. 영화에서 말하는 진정한 죽음은 '아무도 기억해 주지 않을 때' 였다.

줄거리를 간략하게 말하자면, 일 년에 단 한 번, 저승에 있는 사람들이 이승으로 넘어와 각자의 가정에서 축제를 즐긴다. 이를 '죽은 자들의 날'이라고 부르는데, 우리나라로 생각하면 일종의 명절인 셈이다. 저승에 있는 사람들이 죽은 자들의 날에 축제를 즐기려면 이승세계와 저승세계를 연결해주는 다리를 건너야 한다.

하지만 아무나 다리를 건널 수는 없다. 이승에서 저승에 있는 그들을 기념해 줘야만 다리를 건널 수 있게 된다. 이승에서 죽은 자들의 날에 아무도 기념해주지 않는다면 다리를 건너지 못한다. 죽은 자를 기념하는 방식은 우리나라에서 지내는 제사와 비슷하다. 해골 조형물과 메리골드로 장식을 한 곳에 죽은 자의 사진을 놓고 축제 동안 즐길 수 있는 음식들을 마련해 놓는 것이다.

죽은 자들의 날에 저승에 있는 대상을 아무도 기억하지 않거나 기념해주지 않는다면 저승에서마저 사라지게 된다. 이렇게 기억되지 못한 사람은 진정한 죽음을 맞이한다.

영화가 끝나고 많은 생각이 찾아왔다. 죽음이 찾아왔을 때 나는 어떻게 대처해야 할까. 장례는 어떻게 치러야 할까. 내가 죽어도 기억해줄 사람이 있을까. 나 역시도 아무도 기억해주지 못할 때가 진짜로 죽음을 맞이하는 순간이라는 생각을 했다. 내가 죽으면 사람들은 나의 어떤 걸 기억할까.

그러다 '김상현'이라는 이름에 대해 곰곰이 생각해보게 됐다. '서로 상(相)'에 '어질 현(賢)'. 둥글둥글 착하고 현명하게 살라는 의미의 이름이다.

윤숙, 미숙, 현숙, 인숙, 명숙. 다섯 딸을 키우며 힘든 일을 많이 겪어서였을까. 할아버지는 당신의 첫 손자 이름을 지어줄 때 세상을 둥글둥글 착하고 현명하게 살아가길 바랐던 것 같다. 지난 시간들을 돌이켜보니 이름 그대로 살아가고 있는 것 같다. 무엇이든 이름, 제목을 따라 간다고 하던데 그 말이 진짜인가 싶기도 했다.

할아버지는 귀가 잘 안 들리셨다. 그래서 대화를 해야 할 땐 언제나 가까이서 큰 목소리로 말해야 했다. 할아버지는 귀가 잘 들리지 않아서인지, 목소리가 크셨다. 가끔 할아버지 댁에 놀러갈 때면 저 먼 곳에서부터 할아버지 목소리가 들려와서 반가울 정도였으니까.

나와 내 동생은 할아버지 댁에 놀러갈 때면 텔레비전을 맘껏 볼 수 있어서 좋아했다. 할아버지는 항상 자막이 있는 프로그램들을 보셨는데, 나와 재현이는 나이도 생각도 어렸던 탓에 우리가 좋아하는 것들만 보면서 재밌어했다. 할아버지는 자막도 없는 프로그램을 끝날 때까지 우리와 함께 보곤 하셨는데, 재현이와 내가 낄낄거리며 웃을 땐 할아버지도 덩달아 웃곤 하셨다. 그럴 때면 할아버지 귀가 안 들린다는 생각을 하지 못하고 모두가 함께 웃고 있다는 생각에 더 크게 웃곤 했다. 그 모습을 할아버지는 좋아하셨던 것 같다.

밥을 다 먹고 나면 한 톨의 밥풀도 남기지 않고 싹싹 긁어먹은 밥그릇을 할아버지께 보여드리곤 했다. 그럼 할아버지는 큰소리로 잘했다고 칭찬해주시며, 볼록 튀어나온 배를 만져주곤 하셨다. 약주를 하실 때면 할아버지 무릎에 앉아 한 잔씩 따라드리기도 했다.

스무 살이 되던 해. 이제 다 컸다고 생각했던 나이임에도 불구하고 할아버지는 나를 아이처럼 바라봐주셨다. '돈을 벌게 되면 언젠가 할아버지에게 꼭 용돈을 드려야겠다'라고 생각했지만 나는 그렇게 하지 못했다.

'갑자기'였다.

한 음주 운전자가 할아버지를 발견하지 못하고, 그대로 박아버렸다. 그리고 두려웠던 나머지 도망갔다. 할아버지는 그렇게 돌아가셨다. 영정사진도 찍어두지 못해 막내이모의 결혼식 사진에서 환하게 웃고 있는 모습을 영정사진으로 썼던 우리 할아버지.

갑작스럽지 않은 죽음이 어딨겠냐마는 내가 겪은 첫 번째 죽음은 그렇게 갑작스러웠다. 갑작스럽게 죽는다는 건 주변 사람들이 죽음을 준비하지 못했다는 이야기였다. 그는 나에게 많은 걸 알려주었지만, 자신의 마지막은 알려주지 않았다. 내 이름을 갖고 살아가는 동안 나는 그를 기억할 것이다. 그럼 그는 아직 진정한 죽음을 맞이하진 않는 거니까. 어디선가 나를 바라봐줄 것이라고 생각한다.

내가 겪은 첫 번째 죽음 이후, 여러 죽음들이 내 주변에 찾아오기 시작했다. 아파서, 사고로, 스스로, 갑자기 떠나게 된 사람들. 죽음을 맞이하게 되면 기억할 모습들을 더는 쌓을 수 없게 되니까. 어떻게든 기억하고 싶은 것들을 남겨두려는 마음에 슬픔도 같이 오는 모양이다. 기억은 점점 사라지니까. 사라진다는 것은 결국 존재하지 않게 되는 것이니까. 기억하지 못한다는 건 결국 정말로 죽게 되는 것이니까. 더욱 오래 기억하고 싶은 마음에, 더욱 오래 기억되었으면 하는 마음이 슬픔을 불러오는 건 아닐까.

죽음에 대하여 기억에 대하여 슬픔에 대하여 생각할 때마다, 나는 오래오래 살아남아서, 당신들 곁을 끝까지 지켜내고 싶은 마음인데……. 내가 죽으면 장례식에 누가 와줄까.

귀하게 지어준, 값진 의미를 부여한 내 이름 세 글자를 잘 쓰고 싶다. 이름대로 살아가지 못하더라도 좋은 사람으로 남고 싶다. 좋은 사람이 되어 좋은 사람들을 만나고 싶다.

매일 타는 버스에서는 기사님께 기분 좋은 목소리로 인사를 해야겠다. 커피를 내려주는 직원 분께 고맙다고 마음을 전해야겠다. 누군가의 식사를 챙겨주느라 매일 조금 늦게 식사를 하시는 식당 어머니들께도 고생 많으시다고 말씀드려야겠다.

뜨거운 마음을 갖고 따뜻하게 살아가고 싶다.

CHAPTER 3

역사

당신은 누군가에겐 잊히지 않을 존재다. 당신은 어쩌면 한 사람의 인생 속에서 역사적 인물로 등장했을 수도 있고, 어쩌면 한 사람의 인생 속에서 위대한 혁명가로 등장했을 수도 있다. 어떤 것이든 괜찮다. 당신이 그 누군가의 역사 속에서 기억될 만한 한 페이지로 기록되길 바란다.

꿈

무언가를 시작할 때 주변에선 "잘해봐!"라는 말보단 "네가?"라는 물음이 먼저 찾아온다. 이로 인해 대부분의 사람들은 자신의 주변엔 특별한 일은 생기지 않을 거라 믿게 된다. 의심 한마디에 확신으로 가득했던 다짐 대신 이내 불안함이 자리를 차지하기도 한다.

하지만 모든 특별한 일은 시작할 수 있음에 생긴다. 그러니 아직 펼치지 못한 것들과 하고 싶은 모든 것은 일단 시작하는 게 좋다는 생각이다. 시도조차 안 하는 것보단 실패를 하는 편이 훨씬 나으니.

나는 무언가 처음 시작하는 사람의 눈빛이 좋다. 그들의 눈동자엔 감히 헤아릴 수 없는 수많은 꿈과 광활한 우주가 담겨져 있다. 그들과 대화를 나누면서 알게 됐다. 그들은 한결같이 자신의 이야기를 하면 입꼬리가 자연스레 올라가곤 한다.

나는 모든 꿈을 응원한다. 설령 그것이 누군가 보기엔 절대로 불가능한 일일지라도 나는 고개를 끄덕거릴 것이다. 결국에 꿈을 꾸는 사람이 잘될 거라는 걸 알기에. 무언가 시작하는 사람이기에, 처음을 두려워하지만 처음을 즐길 수 있는 사람이기에. 다른 사람들의 의문을 먹고 자라났으면 싶다.

결국엔, 정말로 잘될 수밖에 없다. 응원한다, 진심으로.

나는 무언가 처음 시작하는
사람의 눈빛이 좋다.
그들의 눈동자엔
감히 헤아릴 수 없는 수많은 꿈과
광활한 우주가 담겨져 있다.

휴식

소신이 무너지면 아무것도 할 수 없다고 느껴지겠지. 들끓던 마음이 식으면 다시 끓을 수 없을 거라고 느끼는 것처럼 말이야. 그럼 우린 무너지고 식게 되었을 때 무얼 해야 할까. 다시 불을 지피고, 신념을 굳게 다지며 높게 쌓아야 할까.

아니, 그런 것들은 이전보다 덜 뜨겁고 덜 단단할 거야. 무너지고 식었다고 느낄 때면, 잠깐 쉬어가자. 우리가 도착할 곳이 아직 멀게만 느껴지니까. 조금만 쉬어가자. 아무 생각 없이, 옆을 바라보자. 뜨거운 것도 무너지지 않는 것도 중요하겠지만, 우리에게 당장 필요한 건 쉼이니까. 조금만, 아주 조금만 쉬어가자. 무언갈 하다가 정 힘들다는 생각이 들 때면 잠시 쉬어가도 된단다. 그렇단다.

백 퍼센트

SNS에 올리는 글들은 바로바로 피드백이 온다. 이번에도 어떤 댓글로 피드백을 받았다. 내가 가장 힘든 날, 나에게 위로하는 마음으로 썼던 글. 내가 겪은 힘듦과 비슷한 모습의 힘듦을 마주하게 됐을 때 조금의 위로라도 됐으면 하는 마음에 썼던 글. 신념이나 정치적 사상, 종교, 사회적 이슈 그 어떤 것도 언급되거나 포함되지 않는 글. 그러니까 강한 주장의 성격을 담아낸 글도 아닐 뿐더러 내가 정말로 힘들 때 나를 위로하려 쓴 글. 누군가에게도 위로가 됐으면 하는 마음으로 쓴 글이었다. 하지만 댓글을 단 사람은 내 의도와 다르게 비난과 힐난이 담긴 글을 내게 던졌다. 그 글을 본 순간, 내 기분은 이루 다 표현할 길이 없을 정도로 상해버렸다.

"억지 위로, 공감도 이젠 질리지 않나요? 이런 글들 그만 올려주세요. 오글거려요."

이 짧은 문장을 보고 밀려오는, 울컥하기도 욱하기도 한 이 감정을 어떻게 추슬러야 할까. 좋은 마음이 좋은 마음으로 이어지지 않고 무시로 돌아올 때 느끼는 허무함. 허무함 뒤로 찾아오는 분노와 같은 색깔의 감정들까지 모두, 글을 올리고 댓글을 본 내가 감당해야 할 몫이었다. 그다음 내가 나에게 던진 질문은 '과연 이 글이 억지 위로, 공감을 원하는 글일까?' 하는 것이었다. '그렇지 않다고 생각하며 썼지만, 그럴 수도 있지 않을까' 하는 의심을 품게 됐다. 그간 내가 써온 글들에 대해 다시 한번 검열하게 되었고, 글을 검열하는 과정에서 힘들었던 내 모습까지도 매몰차게 대하기 시작했다.

왜 나의 힘듦과 그 힘듦에 대한 위로까지도 다른 사람을 위한 것이라고 생각했을까. 앞으로 글을 쓸 수 있을까. 억지로 공감하게끔 하는 글이라면 대중들에게 보일 가치가 있는 글이긴 한 걸까.

여러 생각이 머릿속을 휘감았다. 누군가의 한마디가 나를 무너지게 만들 수도 있다는 걸 몸소 경험한 순간이었다.

내 마음이 이토록 아프게 느껴졌던 이유는 내가 힘들어서 그랬던 게 아니었다. 억지로 생각을 강요받았기 때문이었다. 나는 양극단에 있는 것들을 싫어한다. 아니 정확하게 말하자면, 양극단에 위치해 있는 사람들이 자신의 생각을 강요하는 걸 싫어한다. 종교가 그랬고, 정치가 그랬다. 모두 다 나와 밀접하게 관련되어 있진 않지만 분명 내가 접해 본 바로는 양극단의 사람들이 바라는, 믿는, 원하는 '모습'보다는 그들의 신념을 주입하려는 '강요스러움'이 더 다가왔으니 말이다.

종교가 있다거나, 신을 완벽하게 믿는 건 아니다. 하지만 신이 보이지 않는 어딘가에 있으리라는 것 또한 믿고 있다. 믿기지 않는 일이 벌어질 때 혹은 간절히 원하는 일이 생길 때면 가끔 신을 찾을 때도 있다. 불합리하거나 불행한 일들이 연속으로 벌어지는 것을 목격하게 될 경우에도 신을 찾는다. 원하는 일이 기적처럼 이루어지거나 뜻밖의 행운이 찾아온 경우에도 완벽하게 믿고 있지 않은 신에게 감사를 표하기도 했다.

또한 나는 뚜렷한 정치 색깔을 갖고 있지 않다. 사회적 약자를 보호할 수 있는 정책을 펼치고, 나에게 직접 와닿는 경제적·사회적 정치제도를 실현해줄 수 있는 정당과 인물을 지지하기 때문에. 일관성 있게 색에 따라 어떠한 정당이나 인물을 지지하지는 않는다.

자신의 생각을 뚜렷하게 표현하지 말라거나 애매한 자세를 유지하며 이리저리 발을 담그라는 말이 아니다. 어느 위치에 있든 자신의 뚜렷한 신념과 생각, 사상은 갖고 있되 다른 이들에게 자신의 생각을 주입하거나 강요하려 하지 말고, 어떤 이견이든 수용할 수 있는 넓은 마음과 깊은 사고방식을 갖췄으면 한다는 말이다.

비단 이 글을 읽고 있는 사람뿐만 아니라, 내가 바라고 내가 원하는 모습 또한 그렇다. 백 퍼센트는 없다. 절대로 완벽한 건 없으니까.

당신만의 색깔로

살아가는 것

집단의 힘이 개인의 힘보다 월등히 강한 우리나라. 우리는 타인과 비교하고 비교당하는 게 너무나 익숙한 환경에서 살아가고 있다. 인정의 욕구가 그 어느 욕구보다 상위에 속하지 않는가. 대한민국에서 개개인이 지니고 있어야 할 자존감은 무너지거나 떨어지기 쉽다. 판단의 기준은 '자신'이 아닌 '타인'으로 바뀐다. 자신이 좋아하는 일을 하더라도 다른 사람의 눈치를 보게 된다. '다른 사람이 이상하게 보면 어떡하지?'라는 꽉 막힌 프레임 속에 갇혀, 타인의 의견이 전적으로 반영된 생각이 머릿속을 지배한다. 그리고 끊임없이 비교한다. 타인이 자신의 가치를 인정해줄 때 비로소 자신이 가치 있는 사람이라고 생각하고, '나'의 존재를 타인으로부터 느끼게 되는 것이다.

집단의 힘이 강해지는 이유는 '획일화' 때문이다. 모든 게 똑같은데 나만 다른 건 아무래도 눈에 띄기 마련이다. 눈에 띄는 건 불편하다. 집단에서 개인의 색을 드러내는 것은 예의에 어긋난다고 여기게끔 만든다.

결국, 집단이 공존하고 유지될 수 있는 건 통일성

과 획일화에 달려 있다고 믿는다. 개개인이 자유로워
질수록 통제가 어려워지고 조직이 와해된다고 생각한
다. 그러므로 타인에게 반복적으로 획일화된 기준과
잣대를 강요한다.

자신만의 기준을 적용하면, 나태하거나 이상한
사람으로 낙인찍히거나, 다른 사람의 걱정을 사게 될
거라 지레 짐작해버린다. 태어남으로 이미 충분한 가
치를 입증했음에도 불구하고, 끊임없이 자신의 가치
를 타인의 가치와 비교하고 그 수준에 도달하려 애
쓴다. 애초에 다른 평가 기준이 적용되는 상황임에도
불구하고 자신을 욱여넣어 맞추는 것이다.

이는 맞지 않는 옷을 꾸역꾸역 입은 것과 별반
다르지 않다. '나는 왜 떨어질까?', '나는 왜 모자랄
까?', '다른 사람들은 왜 나보다 잘난 걸까?' 자존감
을 깎아내는 말들을 스스로에게 외치고 있는 격이다.
그렇게 우리는 혼자서 괴로워한다. 자존감이 무너진
다. 자신을 지탱할 큰 기둥 하나가 무너지니 중심을
잡지 못하고 넘어지게 된다. 회복할 겨를마저 없어진
다. 결국 '나'는 사라지고, '타인'만 남게 된다.

색은 여러 종류로 나뉜다. 하나하나의 색을 개인이 가진 '다양성'이라고 보자. 한 집단 안에서 각기 다른 색을 가진 사람들이 모이면 결국 '검은색'이 된다. 이는 빛 역시 마찬가지. 여러 빛이 모여 결국 '하얀색'이 되는 것처럼.

결국 모두 하나의 색으로 향하게 된다. 그러니 집단 속에서 개인이 살아낼 유일한 방법은 타인의 색에 물들지 않고 '다양성을 추구하는 것'이다. 나 역시 다양성을 인정하고 받아들이며, 나 또한 나만의 색깔을 찾아간다. 모두 빛나거나, 각기 다른 색을 띤다 하더라도 집단의 색이 이상해지거나 별난 색으로 변하는 게 아니라는 거다.

빛날 수 있는 방법과 색깔은 다양하다. 정해진 건 아무것도 없다. 당신만의 색깔로, 당신만의 빛깔로 삶에 행복을 들였으면 싶다.

사람

'사람'에 대하여 무수히 많은 생각을 하곤 한다. 그 생각들은 대립되기도 하고 때론 어우러지기도 한다. 같은 사람이더라도 상황에 처한 사람들에 대해 생각하는 게 상황마다 달라지기 때문에 그런 것일까.

사람 덕분에 살다가도, 사람 때문에 죽고 싶은 날들이 있다. 사람에게 상처 받는 날이면, 누군가 그리워지다가도 문득 사람이란 존재가 역겨워지기도 한다. 그래도 우린 사람 때문에, 사람 덕분에 살아갈 수 있다.

사람 때문에 상처받았던 날들은 그랬다. 나는 깊었던 사이라고 생각했는데, 그렇지 못한 경우가 너무 많았다. 마음을 줄이기엔 잔인한 일이 많이 생길 것 같아 쉽게 마음을 줄일 수도 없는 그런 날들.

사람이 제일 슬픈 때는 내가 아무것도 아니라고 느껴질 때가 아닐까. 난 그 사람을 이만큼 생각했는데 그 사람은 날 생각도 하지 않고 있을 때, 내가 아무것도 해주지 못하는 것보다 내가 아무것도 아니라는 그 사실을 알게 됐을 때. 그런 순간이 계속될 때면, 사람도 음식처럼 상하면 냄새가 나거나 색이 변해서 미리 알아 볼 수 있으면 좋겠다는 생각이 든다. 잘못 맺은 인연에 탈이 나는 일이 없도록.

만일 누군가 당신에게 쓰레기 봉지를 선물하면 그냥 갖다 버리면 된다. 그걸 굳이 들춰서 "저 사람이 나에게 쓰레기를 줬다"라고 하며 실망하고 서운해하며 혼자 상처받을 이유가 없다. 혼자서도 힘겨운 내 삶에 쓰레기까지 안고 갈 필요는 없다.

예술가

'그건 맞고, 이건 틀리다'라고 생각하기는 쉽다. '내가 하는 건 어렵고, 네가 하는 건 쉽다'라고 생각하기도 쉽다. '예술'과 '돈벌이'의 경계선에서 판단되는 것도 마찬가지라고 생각한다. 누군가의 생각을 쉽다고 폄하하는 것은 아니다. 단지, 그들의 생각이 이분법적으로 나뉘는 걸 경계하자는 의미다.

'나는 옳고, 너는 그르다'에 얼마나 많은 오류와 왜곡이 들어가 있을까. 얼마나 많은 업신여김과 자기 합리화가 들어가 있을까. 1년 전, '누군가를 깎아내리는 게, 당신을 높이는 일이라고 생각하지 않기를'이라는 문장을 적은 적이 있다. 다시금 그 문장을 떠올리고 새기면서 과연 나는 그렇지 않았는가 반성해 본다.

내가 하는 일들이 그렇다. 대중에게 보이고, 대중에게 판단된다. 그들이 좋아하는 걸 하자고 마음먹어도 그 '좋아하는 걸' 실현하기도, 가늠하기도 힘들뿐더러. 내가 '만들어내는 걸' 그들이 좋아하게끔 하는 일 역시 더하면 더했지, 마찬가지로 힘든 일이라고 생각한다.

가끔 대중이 자신을 좋아한다고 해서 그들을 업신여기는 사람 몇을 봐왔지만, 모두 끝은 좋지 못했다. 자신의 일을 하면서도 내내 신경 쓰고 염두에 두라는 이야기가 아니라 잊지 말라는 이야기다. 인지도와 인기는 모두 대중에게서 나온다. 더불어 쌓이는 편안함과 부 역시도 그들에게서 나오는 것이다.

그렇다고 영혼 없이 끌려다니는 꼭두각시가 되라는 말도 아니다. 자신이 좋아하는 걸 한다면, 정말로 '언젠간' 알아준다. 그들에게 나라는 존재가 각인되는 날이 온다는 말이다. 각자의 '언젠간'이 있겠지만, 우리의 '언젠간' 역시 각자의 삶에 조만간 도착하길 바란다.

인생은 예술이니, 예술가들이여, 모두 파이팅이다.

말 한마디

쉽지 않은 길을 걸어가고 있는 것만 같다. 잘 살고 있다는 생각이 들면서도 전혀 그렇지 않을 때도 많다. 나는 이렇게 답답하고 속상한데, 어디에 털어놓고 싶지만 마땅히 그럴 데도 없다. 길거리 사람들은 잘만 웃고 다니는 거 같은데, 나만 왜 이렇게 힘든 걸까.

이럴 때면 일도, 관계도 무능한 것만 같다. 기적처럼 행복한 일이 일어났으면 하는 마음이 한가득인데, 그렇지 않을 거란 걸 아니 더 울적해지는 하루. 뭐라도 해야 할 텐데, 뭐라도 돼야 할 텐데 하는 생각에 마음은 조급해지고, 원하던 것들이 마음처럼 잘되지 않는다. 막막한 현실 앞에서 나는 또 작아진다는 느낌이 들 때, 종종 되뇌는 시 한 편이 있다.

기분 좋게 일을 마친 후
한 잔의 차를 마신다
차의 거품에
어여쁜 나의 얼굴이
한없이 무수히
비치어 있구나

어떻게든, 된다

다자이 오사무가 쓴 〈생활〉이라는 시를 읽으면, 누군가는 내 힘듦을 알아준다는 생각이 든다. 그런 생각이 들 때면 괜스레 눈물도 나고, 더불어 힘도 난다. 그리고 다시 살아갈 따스한 용기를 얻는다.

모든 일을 마무리 지은 어떤 하루, 지하철에선 예상치 못한 방송이 나왔다. "승객 여러분, 지금은 한강 위를 지나가고 있습니다. 잠시만 고개를 들어서 창밖을 바라봐주세요. 오늘 하루도 잘 버텨 줘서 고맙습니다. 고생 많으셨어요. 날씨가 추우니까 따뜻하게 입으세요."

잘 버텨 줘서 고맙다는 말. 고생했다는 말. 따뜻하게 입으라는 말. 그 하루가 힘들어서였을까. 눈물이 왈칵 쏟아질 것만 같았다. 어쩌면 우리는 거창한 위로보단 고맙다는 말 한마디, 고생했다는 말 한마디, 생각해주는 말 한마디가 필요했던 것이 아닐까.

SNS를 통해 수많은 메시지가 온다. "이런 게 고민이에요.", "어떻게 하면 좋을까요?", "작가님이라면 어떻게 할 거 같아요?" 스스로 해결할 수 없어 쌓인 저마다의 고민들이 결국 본인 밖으로 넘쳐흘러 나에게 전달됐다. 작게나마 도움이 되고 싶은 마음에 그들에게 나만의 방식과 나만의 생각을 들려주었다. 그리고 정말로 신기한 건 사람들이 모두 "덕분에 잘 해결했다"라고 얘기한다는 점이다. 그럴 때면 내가 혹시 '솔로몬'은 아닐까 하는 착각까지 들 정도였는데, 고민을 보내온 사람들의 SNS를 보면서 그 생각은 자연스럽게 깨지게 됐다.

나라면 했을 행동들과 나만의 방식들을 생각하며 보내준 답변대로 고민에 대처한 사람은 실제로 많지 않았다. 그들은 이미 자신만의 정답을 알고 있었던 것 같았다. 대부분이 그랬다. 그저 누군가에게 고민을 얘기하는 것만으로도 쌓여있는 어떤 것들을 털어내는 느낌을 받았기 때문일까. 그들은 한결 가벼운 마음으로 무언갈 대할 수 있게 된 것만 같았다.

내 자신을 돌이켜 볼 때에도 그랬던 것 같다. 누

구에게도 털어놓지 못하는 일들이라고 생각했던 힘
듦을 혼자 안고 있었고, 그 고민은 결국 곪고 곪아
나를 더욱 힘들게 만들었다. 때때로 그런 고민의 일
부라도 누군가에게 털어놓게 되면 무언가 시원한 느
낌이 들면서 해결책과 대안이 떠오르기도 했다.

사람은 한 번에 생각할 수 있는 범위와 분량이 어
느 정도 정해져있다고 생각한다. 어쩌면 고민이라는
것도 비슷하지 않을까. 한 번에 수용할 수 있는 분량
이 100이라고 하자. 이 100이라는 수치 안에 모두 고
민으로만 꽉꽉 채워놓는다면 고민밖에 할 수 없게 될
것이다.

하지만 고민을 이곳저곳에 털어내고, 고민이 쌓
여있던 자리에 어떻게 해야 할지에 대한 해결책과 대
안을 들인 다음, 잘될 수 있다는 생각들로 채운다면.
우린 가벼운 마음으로 나아갈 수 있지 않을까.

내가 당신에게 위로가 될 수 있을까 싶지만, 그
래도 꼭 해주고 싶은 말이 있다. "오늘도 정말 고생
많았습니다. 잘 버텨내 주셔서 진심으로 고마워요.

이 모든 게 쓸모없진 않을 거란 생각입니다. 그러니까 거짓말 하나 보태지 않고, 모두 다 잘될 겁니다. 사랑도 마음도 충분한 계절을 보내길."

마음과 말

기회는 내가 잡기 마련이고, 사람은 언제든지 떠난다.

마음, 어디에도 멈추지 못하는 말은 건네는 게 좋다.

모래 한 줌

인간관계란 도대체 어떤 걸까. 관계에 대한 이런저런 생각을 한참 하다보면 '과연 나는 어떤 사람일까' 하는 의문에 빠지게 된다. '나는 배울 점이 많은 사람인가, 배우지 말아야 할 것이 많은 사람인가' 단순한 의문이 어느새 깊은 고민이 되어 나에게 되돌아온다. 그럼 나는 과연 좋은 사람일까. 내가 배울 점이 많아지고 좋은 사람이 된다면 내 주변에 있는 사람들은 나를 떠나지 않을까.

계산, 여러 의미가 있지만 인간관계에서는 '어떤 일이 자기에게 이해득실이 있는지 따짐'이라는 뜻으로 자주 쓰인다. 본인에게 이해득실을 따져, 이익이 될 것 같으면 어떻게든 붙잡으려 하고, 조금이라도 손해를 볼 것 같으면 내친다거나 거들떠보지도 않으려 하는 건 누구나 그런 걸까. 아니면 내가 겪은 일부의 사람들이 그러했던 걸까.

자기가 필요한 일이 있을 때마다 연락하는 사람들을 보고 '그럼 필요한 사람이 되어야겠다!'라고 생각했던 스무 살. 그리고 칠 년이 지난 오늘, 지금의 나는 어느 정도 필요한 사람이 된 것 같긴 한데, 공허하다. 어떤 상자 속에서 무언가 잡으려 이리저리 손을 휘저어도 잡히는 건 먼지밖에 없는, 나는 딱 그런 상태였다.

내게 남은 건 인간관계가 아니었고, 혼자 덩그러니 남아있을 뿐이었다. 계산을 못 해 결국 이해득실을 따지지 못해서 그런 걸까. 공허하고, 서운하고, 짜증나고, 화나는 이 감정이 온몸 구석구석을 예민하게 만든다.

누군가에게 계산 없이 대해지고 싶다. 누군가를 계산 없이 대하고 싶다. 가끔 안부를 묻는 연락에도 예민해지고 싶지 않다. "오늘 너랑 함께 먹어서 정말 맛있게 먹었으니까, 밥은 내가 살게!"라는 말들을 더 자주 하고 싶다. 마음을 터놓고 싶다.

대상 없는 누군가가 어떤 새벽에 그리워졌다. 만나고 싶은 사람들이 하나둘 줄어들고 있었고, 그리운 마음은 늘어만 가고 있었다. 그런 새벽이었고, 그런 요즘이었다. 나는 자주 친구가 없다는 생각을 했었다. 마음 털어놓을 곳이 없기도 했을 뿐더러, 종종 사람들 사이에 둘러싸여 있으면서도 외로움을 느꼈으니까. 그런 종류의 외로움을 심하게 느낄 때면 사람들을 상대하는 것도, 만나는 것도 귀찮고 또 힘겹게 다가온다. 그렇게 더욱 털어놓을 곳들이 사라지니, 마음은 점점 궁핍해지기 시작했다.

관계에 있어서 유독 나만 이렇게 힘들어하는 걸까. 그렇게 나는 궁핍한 마음을 부여잡는다. 그러다 '사람들은 어째서 나를 떠나가는 걸까'라는 질문을 나에게 던진 후 한참을 슬퍼했다. 나를 떠나간 사람들과, 나와 관계를 유지하고 있는 사람들을 떠올려봤다. 한 사람과 함께하며 그 사람을 '쭈욱' 지켜보게 되면, 배울 것들과 배우지 말아야 할 것들이 보였다. 우연한 일인지 모르겠지만, 배울 것이 많은 사람들에게선 그런 부분들이 계속해서 발견됐고, 그렇지 않은 사람들에게선 그렇지 않은 점들이 계속해서 보였다. 그런 경험들을 겪다보니 몇 번의 관계를 겪어낼 때마다 내가 어떤 사람과 어울리고, 어떤 사람을 좋아하는지 자연스럽게 알게 됐다.

'애써 맞추려 하지 않아도 편안한 사람.

그런 사람이 내가 좋아하는 사람이었다. 그리고 들었던 생각은 '그런 사람들을 좋아하는 거라면, 인간관계 역시 비슷한 태도로 대하면 되지 않을까' 하는 것이었다. 문득 인간관계라는 건 모래 한 줌을 손에 쥐고 있는 것과 별반 다르지 않다는 생각이 들었다. 그러자 내가 좋아하는 사람과 내가 앞으로 인간관계에서 대해야 할 태도가 얼추 들어맞았다.

좋은 사람이 되려고, 배울 점이 많은 사람이 되려고, 이 사람을 어떻게든 붙잡으려고 손에 쥐고 있는 모래를 꽉 쥐면, 쥐는 힘만큼 흘러내리게 된다. 애써 노력한 흔적들은 허무하게 사라져버린다. 그렇다고 아무런 생각 없이 힘을 주지 않고 놓아 버리면 모래는 놓아 버린 만큼 손 바깥으로 흘러내린다. 나는 그저 편안히 손에 쥔 모래를 감싸기만 하면 되었던 것이었다.

굳이 좋은 사람이 되려하지 않아도 되었고, 배울 점이 많은 사람이 되려 하지 않아도 되었다. 내가 어떤 모습이든, 어떤 상황에 있든 그럼에도 불구하고 남아 있는 모래알처럼 내 곁을 지켜주고 있는 사람이 남아 있기 때문이다.

그렇게 생각하니 마음이 한결 가벼워졌다. 내가 어떤 실수를 하든 내 곁을 지켜주는 사람을 보며, 나를 떠나가는 사람들에게 무심하기로 했다. 그리고 내가 가장 힘들 때 곁을 밝혀준 소중한 인연들을, 가장 빛날 때에도 잊지 않고 그보다 더 밝혀주고 소중하게 대해야겠다. 추운 어둠 속을 헤맬 때 길을 잃지 말라고 손을 건네준 그 인연에게 어둠 속을 뚫고 가장 빛날 때 나의 모든 온기를 주어야겠다.

내려놓음

힘들고 버겁다는 생각이 들 때면 들고 있던 짐을 내려 놓기도 해야 한다. 필요 없다고 생각되는 것들은 과감히 버릴 줄 알고, 필요하다고 생각되는 것들엔 이유를 붙여본다. 과연 진정 나에게 필요로 했던 것들이었을까. 붙여본 이유들을 훑어보면 진정성 있는 필요는 별로 없다. 그저 날 스스로 옭아매던 것들일 뿐이다.

일도 그렇고 사람도 그렇고 너무 많은 것을 곁에 두려고 하면 스스로 견디기 힘들어진다. 가끔은 내려놓기도 하고, 또 떠나보내기도 하면서 무겁게 걸어가지 않았으면 싶다. 짊어져야 하는 것들이 가벼울수록 멀리 갈 수 있으니까. 떠나보내고 내려놓아도 괜찮다. 모든 걸 짊어지고 걸어가지 않아도 된다.

버리고 놓아주고 잊으니, 마음이 한결 가벼워진다. 신선한 기분. 뭐든 될 것만 같다.

일레븐 메디슨 파크

2017년에 '세계 최고의 레스토랑'으로 선정된 뉴욕의 한 레스토랑이다. 나는 그 레스토랑이 담긴 다큐멘터리를 보면서 단순히 '맛'만으로 세계 최고의 레스토랑으로 선정된 것이 아니라는 것을 알게 되었다. 그들은 매장에 찾아오는 고객들을 고객 그 이상으로 대접했다. 고객이 접하게 되는 모든 것을 사소한 부분까지 놓치지 않으면서 말이다.

다큐멘터리에서 가장 인상 깊었던 건 '접시를 놓는 방식'이었다. 그들은 접시 하나를 세팅하더라도 그냥 하지 않았다. 접시를 뒤집었을 때 나오는 로고가 손님이 바라볼 때, 정면에서 보이도록 하나씩 정렬하여 세팅을 했던 것이다. 접시를 뒤집어 로고를 일일이 확인하는 손님은 없겠지만, 쉽게 지나칠 수 있는 부분까지 신경 쓰는 그들의 마음 씀씀이와 생각의 범위에 감동받지 않을 수 없었다.

나 역시 서울에서 운영하고 있는 카페가 있다. 매주 일일이 셀 수 없을 정도로 많이, 고마운 사람들이 카페를 방문한다. 이 공간을 찾아준 사람들에게 감동을 선사하고 싶은 마음이다. 만족이 기대한 만큼 받게 됐을 때 찾아오는 것이라면, 감동은 기대 이상으로 생각지 못한 것들을 받게 되었을 때 느끼게 된다. 그래서 그들에게 만족을 넘어선 감동을 주고 싶다.

공간이 주는 의미에 대해서 단 한 번도 가볍게 생각해본 적이 없다. 카페를 단순히 돈을 벌 수단으로만 생각하지 않았다는 말이기도 하다. 바닥과 천장이 만들어주는 아늑한 공간감. 테이블과 의자에서 느껴지는 편안함. 하얀 벽에 걸어놓은 작품과 벽에 쏟아지는 영상이 주는 따뜻함. 그리고 따뜻한 커피와 어울리는 케이크까지.

사람들이 이곳에 앉아 조금의 여유를 즐길 수 있도록, 편안한 생각이 날 수 있도록, 평생 단 한 번만 찾아오는 소중한 기념일을 마음껏 축하해줄 수 있도록, 누군가의 인생을 바꿀 만한 예술 작품을 만들어낼 수 있도록. 이 모든 생각을 실현하기 위해 공간을 꾸미고 분위기를 만들고 따뜻함과 정성이 깃든 것들을 내어주려 노력한다. 그 모든 것 중 어느 하나 고민하지 않은 것이 없다. 공간에 찾아오는 모든 사람에게 오늘이 생에 단 한 번 찾아온 기념일일 수도 있을 거라는 생각으로 그들을 대한다.

하물며 책은 오죽할까. 기획한 책과 직접 쓴 책들은 적게는 수천 명, 많게는 수십만 명이 읽게 된다. 읽어주시는 모든 분에게 내내 감사한 마음이지만, 그래서 언제나 무겁다. 무작정 좋은 말들을 해드려야 하는 건지, 대책 없는 위로를 드려야 하는 건지, 긍정적인 생각들을 드려야 하는 건지, 내 생각을 그대로 표현해야 하는 건지.

여전히 많은 고민이 풀리지 못한 채 엉켜있지만 한 가지 확실한 건, 마음이다. 그 마음 중에서도 '진심'이었다. 글도 영상도 커피도 모두 진심으로 정성스럽게 만들어 내고 싶다. 불안하고 두려운 마음이 가득하지만, 언제나 진심 가득히. 그리고 여전히 고마운 마음으로 말이다.

CHAPTER 4

아무렴 행복이길

외모는 그럭저럭, 재능은 뛰어난 것도 아닌, 말은 많고, 사람을 좋아하지만 또 사람에게 상처도 많이 받고, 가지지 못한 것들에 미련을 가지며, 부러워하는 것들이 참 많고, 하고 싶은 것들 역시 많다. 가끔 부정적인 생각을 할 때도 있고, 또 가끔 일을 크게 벌여놓곤 한다. 그냥 이건 모두 나일뿐.

허나 이런 모습을 싫어한 적이 있다. 뭐 하나 특출난 게 없다는 생각에 나를 미워했다. 나는 그 자리 그대로 눈부시도록 빛나고 있었는데, 나에게 집중하지 못한 나는 나를 미워했다.

그렇다고 나를 미워한 시절을 미워하진 않는다. 지금이라도 내가 나를 사랑하게 되었으니. 난 앞으로도 꾸준하게 빛날 것이고 충분히 아름다울 것이다. 언제 그랬냐는 듯이 또 잘해낼 테니 부끄러워하지 말자. 모두 나의 일이었고 나의 선택이었다. 지나온 모든 순간이 나였고, 다가올 모든 순간 역시 나일 것이다. 언제나 모든 순간은 나를 위한 것. 이 모든 건 나의 것. 그러니 지금을 맘껏 쓰길. 그래서 내가 찾게 되는 것들이 아무렴, 행복이길.

마음가짐

그리 오랜 세월을 살아온 것은 아니지만. 인생을 살다 보니 어찌 됐건 힘들다는 걸 알게 됐다. 좋아하는 것을 하면서도, 하고 싶은 대로 하면서 살더라도 힘든 순간은 분명히 찾아온다.

내가 바라고 원하는 최고의 마음가짐은 '모든 걸 좋은 경험이었다고 받아들일 수 있는 자세'로 살아가는 것이다. 찾아오는 힘든 순간에서도 마음을 다잡을 수 있는 분명한 방법이기도 하다. 이 마음가짐이라면 어떤 상황이 다가오더라도. 어떤 시련을 맞이하더라도 견뎌낼 수 있고 이겨낼 수 있다는 자신감이 생긴다. 그 모든 것 역시 언젠간 경험으로 남게 될 것이니까.

책임

현실을 책임질 줄도 알아야 한다. 자신의 현실에 책임감이 생기면 삶의 욕구 또한 강해진다. 살아내려는 힘이 생기는 것이다. 책임진다는 건 굉장히 값진 일이다. 자신의 몫을 만들어 내기 때문이다. 자신의 어떤 부분을 세상에 기여하려 노력하고, 행동하게 된다. 책임질 줄 알게 되면, 그에 따른 힘이 생긴다.

다시 말해, 내가 가져갈 행복만큼 내 행복의 몫을 책임져야 하는 것이다.

달빛과 진심

나는 밝고 따뜻한 것들을 좋아한다. 그런 것들은 대개 사람을 웃게 만들어주곤 하니까. 웃는 사람의 모습을 볼 때면, 나도 모르게 덩달아 입꼬리가 올라간다. 마음엔 행복이 스며들고, 눈은 그 사람의 미간에 잡힌 예쁜 주름으로 향하게 된다. 귀는 그 사람의 웃음소리에 집중해 모든 순간을 담아낸다. 웃을 때 예쁘지 않은 건 없다. 당신을 내내 예쁘게 만들어주고 싶다. 당신이 웃었으면 좋겠다. 종종 당신이 원하는 것들이 내가 원하는 것이지 않을까 하는 생각을 했다. 당신은 나에게 자주 행복했으면 좋겠다고 말했다. 나도 당신이 행복했으면 좋겠다. 당신을 만나는 날이면 달빛도 향기가 강했다. 수많은 사람 중 서로에게 진심 하나 갖고 있으니 사랑이 되었다. 달이 가진 향이 짙어지면서 서로의 온기를 느낄 수 있는 계절이 다가왔다. 잡은 손 놓치지 않기를. 오래오래 '꼬옥' 잡을 수 있기를.

좋아하는 것들은, 함께.
보고 싶은 것들은, 같이.
그렇게 살아갈 수 있기를.

잘 살고 싶은 마음

정말 잘 살고 싶다. 그러려면 돈을 많이 벌어야 하나 하는 생각이 들기도 했다. 그렇다면 잘 사는 것의 기준은 과연 무엇일까. 있기는 한 걸까. '잘 산다는 것' 남들이 인정하는 정도면 잘 사는 것일까. 아니면 내가 나에게 질문했을 때 스스로 답할 수 있을 정도면 잘 사는 것일까. 그렇다면 나는 지금 잘 살고 있는 것일까.

매일 아침마다 내가 오늘 살아가는 이유에 대해 질문한다. 답은 언제나 똑같다. 또 그런 일상들을 보낼 것이다. 가끔 내가 그리는 미래에 닿았을 때, 그려 왔던 모습과 다르면 실망감을 느끼기도 하지만, 그래도 살아가며 또 다른 답을 찾기도 하고 길을 찾기도 한다. 왜 살아가고 있는가. 어떻게 살아갈 것인가. 삶의 주체가 온전히 나이기에 끊임없이 되묻고 깨닫고 갈망한다.

다음 날이 되면 다시 의심하고 질문한다. 그렇게 살아가고 또 살아갈 것이다. 언제나 잘될 수 있다는 마음과 괜찮아질 거라는 생각과 한 걸음 나아갈 수 있는 용기를 품고, '자알' 살고 싶다. 어차피 시간은 지나가고, 오늘도 흘러가니. 무작정 내일의 행복을 기대하기보다 지금 당장의 행복을 찾아가며 살고 싶다.

밑줄

밑줄 하나를 긋고 그 안에 글자를 채워 넣어보자. 밑줄을 먼저 긋고 글자를 쓰려면 밑줄 안에 얽매이게 되어 원하는 글자 크기를, 또 원하는 글자 수를 채우지 못할 확률이 커지게 된다. 반대로 글자를 먼저 쓰고 밑줄을 긋는다면 내가 원하는 크기의 글자를, 또 내가 원하는 글자 수에 맞춰서 밑줄 안에 쓸 수 있게 된다.

이렇듯 자신의 일들을 밑줄이라는 틀 안에 가두지 않았으면 좋겠다. 무궁무진히 해낼 수 있는 당신이니까. 무엇이든 가능하고, 무엇이든 할 수 있다. 스스로를 가두지 않았으면 싶다.

힘을 빼는 연습

이제까지 내가 살아왔던 과정을 돌이켜봤을 때, 참 많은 것을 이루고 싶었다. 많은 것이 내 곁에 함께하길 바랐다. 끊임없이 원했다. 물론 바라는 것들이 이루어질 때도 있었지만 거의 모든 순간, 그토록 바라던 것들은 이루어지지 않았다.

내가 사랑하는 것들이 나를 떠나가지 않았으면 하는 마음과 내가 원하고 좋아하는 일에 명성을 떨치고 싶었던 마음 등등. 이 모든 것을 하나하나 살펴보자면 나는 인정받고 싶다는 욕구가 참 컸다. 친구가 많아 보이고 싶었고, 돈이 많아 보이고 싶었고, 누구보다 행복해 보이고 싶었다. 그러다 보니 욕심이 생겼지만, 결국 가지고 있는 것에조차 만족하지 못하게 되었다.

만족하지 못하는 것들에게 차가워지고, 차가워진 나를 보고 내 곁에 있던 사람들은 하나둘 나를 떠났다. 떠나가는 뒷모습을 보며 나는 문제의 원인을 그들에게 돌렸다. 상황은 나아지지 않고 비슷한 일이 반복되었다. 사람들이 나를 떠나가고, 떠나간 사람들에게 원인을 떠넘기는 삶이 반복될 때쯤, 혼자 남게 된 나를 발견하게 되었다. 외로움이라는 감정이 소리 없이 마음 한편에 자리를 차지했다. '이 감정이 외로움이구나'라고 느끼는 순간, 내가 나의 욕심을 채우려고 사랑하는 것들을 떠나보냈다는 걸 깨달았다.

결국 내가 떠나보냈지만 떠나보낸 것들에 대해, 떠나간 것들에 대해 하나하나 이유를 대가며 스스로 상처받았다. 그러자, 나를 떠난 것들을 미워하고 오히려 그들의 문제점을 찾기에 바빴던 나를 발견했다. 문제는 전부 나에게 있었는데, 오히려 상대방에게 그 이유를 묻고 미워하며 그들이 나에게서 떠나도록 만들었던 것이다.

그렇게 사람을 떠나보내고 사람을 만나는 게 두려워졌다. 사람을 만나는 게 두려워지자 모든 사람을 경계하게 됐고 결국엔 사람을 잘 믿지 않게 되었다. 언제든지 나에게 상처를 줄 것이라는 생각에. 쉽게 다가가지 않았고 쉽게 마음을 주지 않게 되었다. 그럴수록 더욱더 외로워졌고 더욱더 나를 고립시켰다. 그러다 마음을 줄 때면 한없이 주게 되어 또 다른 상처를 받기도 했다. 사람들은 다 똑같다고 생각했다.

내가 차가우면 차갑다는 이유로 나를 떠나갔고, 내가 뜨거워질 때면 뜨겁다는 이유로 나를 피한다고 여겼다.

나에게 있어 소중한 게 무엇인지 또 그것들을 어떻게 지킬 수 있는지 그리고 바라는 것들을 어떻게 이뤄야하는지. 시간이 지나고 나서야 다른 경험들이 쌓이고 나서야 많은 사람들을 만나고 떠나보내고 나서야 어느 정도 알게 된 것 같았다.

'어느 정도 힘을 빼고 대해 보는 것'

내가 경험한 가장 좋은 방법이었다. 관계를 유지하려고 애써 노력하지 않는 것. 내가 좋아하는 것들을 다른 사람도 좋아할 것이라고 생각하지 않는 것. 나는 나고 그 사람은 그 사람임을 깨닫는 것. 해준만큼 돌아올 것이라고 기대하지 않는 것. 그 사람과 나 사이의 적당한 거리를 두는 것. 관계에서 힘을 뺀다는 의미는 그런 것들이었다.

일도 비슷했다. 목적 자체가 돈이었던 삶을 살았

던 적이 있다. 돈을 많이 벌고 싶어서 그렇게 아등바등할 땐 오히려 돈을 잃었다. 돈이 전부였고 다른 것들은 돈을 위한 부수적인 것들이라 생각했다. 역시나 보란 듯이 실패했고 돈을 벌기 위해 시작했던 행동은 오히려 돈을 잃게 만들었다. 그때 나는 뼈저리게 느꼈다. 돈보다 훨씬 더 중요한 가치들이 존재한다는 것을. 원하는 것은 전전긍긍하며 갈구한다고 얻을 수 있는 것이 아님을.

지금의 나는 삶에 만족하며 살아간다. 아니, 만족을 넘어서 행복한 삶을 살아가고 있다. 정말로 원하는 일이 무엇인지 찾았을 뿐더러, 사랑하는 사람들이 곁에 함께 한다. 하고 싶은 일들을 할 뿐인데 그토록 원하던 것들이 따라온다. 한 달을 일해야 벌 수 있던 돈을 한 시간 강연료로 제안받기도 한다.

삶과 상대방에게 생각할 여지와 여유를 두고, 전전긍긍하거나 아등바등하지 않는 것. 누군가를 미워하는 일은 결국 내 감정과 내 시간의 손해임을 깨닫는 것. 미운 것들을 더는 미워하지 않는 것. 사랑스러운 것들을 더욱 사랑하는 것. 적당한 거리감을 두고 뜨거운 마음을 가진 따뜻한 사람이 되는 것.

결국 힘 좀 빼고 느낌 있게 살아가고 싶은 마음
이다.

판단

있는 그대로 바라볼 수 있는 능력을 기르고 싶다. 그 사람이 입은 옷, 수더분한 머리 등 겉모습만으로 한 사람을 평가하거나 판단하고 싶지 않다. 모든 것은 태도에서 나온다고 생각하지만 상황에 의해, 어쩔 수 없는 것들에 의해, 어쩔 수 없어질 수 있음을 이해하고 싶다. 한순간으로 한 사람의 영원을 판단하고 싶지 않다.

나에게 물어보자. 나는 어떤 색안경을 끼고 세상을 바라보고 있는가. 내가 하는 말에 집중해보면 금방 깨달을 수 있다. 나는 사람을 알지도 못하면서 미리 판단했던 적이 있다. 그게 그 사람에게는 얼마나 큰 아픔이고 상처가 됐을지 생각하게 된 계기는 내가 다른 사람에게 미리 판단됐을 때였다.

하지만 섣불리 판단하지 않고, 있는 그대로 바라보는 건 얼마나 어려운 일인가. 판단하게 돼서 기대하게 되고, 기대하게 돼서 생각나게 만들고, 생각나게 만들어서 실망하게 되는 것이다. 이런 내가 사람에게 실망하지 않을 수 있게 된 방법은 '이 세상에 괜찮은 사람은 없다'라고 생각하는 것이다. 자신만의 기준과 잣대는 '자신'에게만 적용하고, 다른 사람을 향한 신경은 저 멀리 제쳐두면 된다. 그럼 다른 사람들 역시 당신에게 별로 신경 쓰고 있지 않다는 것을 알게 될 것이다.

많이 알수록 판단하기 쉬워진다고 생각한다. 물론 어느 부분, 아니 어쩌면 많은 순간 적용될 수 있는 말이기도 하겠지만 많이 알수록 틀리게 될 확률 역시 높다. 많이 안다는 이유로 자신을 더욱 믿게 될 것이고, 수많은 경험과 지식을 토대로 단단하고 쉽게 바뀌지 않을 고정관념 역시 만들어졌을 테니.

인간관계에서도 마찬가지다. 그 사람에 대한 정보와 경험이 그 사람에 대한 고정관념을 만들어 줄 것이다. 모든 상황, 순간에 중요한 건 많이 아는 것이 아니다. 그에 맞는 적합한 판단과 결정을 내리는 것이다. 잘 안다고 생각했겠지만, 가끔 그 사람이 자신의 생각과 정반대의 결정을 내릴 때가 바로 그런 상황이다.

누군가 당신 앞에 등장하기까지 걸렸던 시간을

헤아려본 적이 있는가. 당신 앞에 우두커니 서 있는 그의 얼굴에 새겨진 표정이 생기기까지 얼마나 많은 웃음과 울음, 찡그림이 있었을지 헤아려본 적이 있는가. 그가 내뱉은 말에 담겨 있을 쌓여온 생각과 상처, 아픔 그리고 희열에 대해서 헤아려본 적이 있는가. 우린 아무것도 모른다. 단순한 것들로 판단할 수 있는 일이 아니라는 것이다. 무엇이든 확실한 건 없다. 언제든 변한다. 알수록 더욱 신중하고, 차분해야 한다. 적어도 다시 한번쯤은 생각해볼 여지를 두어야 한다.

그렇지만 인격이라는 것은 하루아침에 형성되는 것이 아니다. 본심은 태도에서 나오고, 말에는 마음 씀씀이가 묻어 나온다. 또한 열정은 행동에서 나오는 법이니. 어느 하나 그냥 나오는 법이 없다. 수십 년간 그 사람을 형성해온 것들은 쉽게 바뀌지 않는다. 사람을 바꾸려 하지 말고, 바뀌지 않는다고 실망하지 말자. 나를 언제든 떠나갈 수 있다는 걸 염두에 두고, 떠나가더라도 너무 슬퍼하지 말자. 이별은 언제나 찾아올 테고. 사랑은 늘 당신 주변에 있다.

어디서든 존중받아 마땅한 사람아, 어떤 상황에서도 자신을 깎아내리지 않길 바란다. 당신을 가장 사랑하는 사람이 언제나 당신이길 바란다. 먼 곳의 행복을 찾기보다 가까운 행복을 챙기며, 늘 사랑하는 마음으로. 아름다운 말들로 주변을 꾸며가길 바란다.

무엇이든 확실한 건 없다.
언제든 변한다.
알수록 더욱 신중하고, 차분해야 한다.
적어도 다시 한번쯤은 생각해볼
여지를 두어야 한다.

나라는 사람

나는 어떤 사람일까. 어떤 사람이 될까. 어떤 사람이고 싶을까. 문득 들었던 생각이 몇 년째 머릿속을 맴돌고 있는 걸 보면 나는 아직 내가 누구인지, 어떤 모습의 사람으로 비춰지고 싶은지, 어떤 마음가짐과 생각들로 살아가고 싶은지 아직은 정확하게 모르는 모양인가 보다.

평생을 함께할 존재에 대해 이리도 모르고 있다면 앞으로 잘 살아갈 수는 있으려나 하는 걱정이 앞섰다. 하지만 걱정만으로 이룰 수 있는 일은 아무것도 없다고 생각한다. 나는 나에 대해 알아야겠다. 그리고 나를 이루고 있는 것들을 세밀하게 들여다보고 싶다.

나. 김상현. 남자. 첫째 아들. 손자. 남자친구. 작가. 대표. 상현님. 친한 친구. 카페 사장님. 그냥 아는 애. 예전에 친했던 애. 괜찮은 애. 별로인 애. 아, 걔가 누구였더라.

나는 한 사람인데 나라는 사람은 여러 각도에서 여러 모습으로 살아가고 있었다. 아, 나 잘 살고 있었던 것일까. 누군가에게 실망스러운 모습을 안겨주진 않았으려나. 누군가에게 눈물 나게 하는 말이나 행동을 하진 않았으려나 하는 생각과 함께 '아차' 싶은 사람들의 모습이 머릿속을 스쳐 지나간다. 미안합니다, 죄송합니다, 이 글을 빌어 사과의 말씀 드리고 싶습니다.

한 사람의 인생은 얼굴과 말에 담긴다고 생각한다. 그 사람이 짓는 표정과 뱉는 말에는 그간 살아온 흔적들과 견뎌낸 몸부림들이 담겨져 있는 까닭에. 나는 어떤 얼굴과 어떤 말을 지니고 있는 사람일까. 화장실로 향했다. 거울을 본다.

곱슬거리는 모발로 인해 붕 뜨는 터라 길게 기르지 못한 머리. 가르마를 단정하게 나누는 머리를 좋아한다. 정갈해 보이고 반듯해 보이고 싶은 마음이 머리 모양에 담겨져 있는 것일까. 오른쪽과 왼쪽의 비율은 거의 3:7. 몇 년째 비슷한 머리 모양으로 쓸어 넘기다 보니, 머리도 그 형태를 기억하고 있다. 왁스를 바르거나 스프레이를 뿌리지 않아도 알아서 잘 넘어간다.

처진 눈. 내가 세상을 바라보는 가장 첫 번째 방법. '착할 것 같다'라는 느낌을 주는 가장 큰 요소. 그리고 짝눈. 세상은 모두 두 가지 모습을 지니고 있을 거라고 생각하며 세상을 바라봐서 그랬던 것일까. 서로 조금은 다른 모습을 가진 두 눈.

다른 사람들보다 들려 있는 코. 그 때문이었을까. '돼지코'라고 놀림을 받기도 했다. 학창시절에 몸무게가 많이 나갔기 때문이기도 하지만. 별명 때문에 사람들 앞에 서서 내 의견을 제대로 전달하지 못해 놀림 받는 적도 많았다. 그래서 말문이 막혀 눈물을 흘린 날도 많이 있었다. 그 시절 '소심하다'와 비슷한 단어들은 마치 나를 위해 존재하는, 나를 꾸며주기 위해 탄생한 말들이라고 생각했다.

적당한 키 덕분에 적당한 높이에서 평균적인 공기를 마시며 세상을 바라보고 살아간다. 그리고 버텨야 하는 일과 열심히 뛰어야 하는 일이 많아 두꺼워진 허벅지까지.

모두 나다. 나를 이루고 있는 내 모습이다. 한때

는 다른 사람과 달라서 싫어했던 내 모습도 있고, 적당히 평균적인 모습이라 벗어나고 싶었던 내 모습도 있다. 아무렴, 문제가 될 건 하나도 없었다. 나를 인정하지 못하고, 내 모습을 싫어하니 들었던 생각들이었다.

웃어본다. 처진 눈이 말하는 것 같다. '나 웃으면 더 착한 사람이 돼요! 편하게 다가오세요!' 조금 들려져 있는 코도 말한다. '여기 보세요! 조금만 옆에서 자세히 보면 거꾸로 된 하트모양이에요. 나쁜 사람 아니에요!' 웃는 모습이 꽤 괜찮다는 생각이 든다. 웃는 날이 많아져서 더욱 푸근한 인상을 주고 싶다. 퍽퍽한 삶이 반복되어도 미소는 잃고 싶지 않다.

나는 나를 이루고 있는, 이루고 있던 사람들 때문에 울기도 하고, 덕분에 웃기도 했다. 그리고 우는 일이 잦아질수록 많은 것을 배웠다. 마음을 많이 쓰지 않는 법, 실수하더라도 웃어넘기는 법, 아프지 않은 척, 괜찮은 척 하는 법. 남몰래 우는 법. 하는 법을 배우니, 하는 일은 쉬웠다. 뭐든 처음이 어려운 법이니까.

이런저런 이유 때문에 좋아하는 사람을 곁에 두기 힘든 적도 있었다. 돈 때문에 싸우는 일이 생기는 걸 여러 번 보았고, 꿈꾸는 이들을 비난하는 사람도 보았다. 약속을 우습게 보는 사람도 많아졌고, 하고 싶다는 이유로 모인 사람들도 어느 순간 마음이 시들었으니까.

기대하지 않으면 실망하지 않는다고 했던가. 많이 생각하지 않으면 떠오르지 않는 것일까. 기대하지 말자고 다짐하고 생각하지 말자고 되뇌어도 실망하게 되고 자꾸만 떠오르는 것은 어떻게 설명해야 할까. 건강이 최고라는데, 관계를 떠올리면 들이켜고 싶은 술 한잔이 생각나는 건 어떻게 해야 될까.

믿게 되는 사람보다 믿지 못하는 사람이 많아지지만. 겨울의 추위가 강해질수록 봄의 따뜻함도 가까워지고 있다는 말일 테니, 뭐든 좋게 될 것이라고 좋은 사람이라고 다시 한번 믿어보고 싶다.

여러 관계를 겪어오고 맺어오며 느꼈던 건 우리 모두 각자의 행복에 충실하고 있다는 것. 사람은 누구나 자신의 행복과 안녕을 추구하기 위해 살아가는 것이니까. 나에게 상처를 준 저 사람도 분명히 그럴 만한 이유들이 있을 것이다. 지금 당장은 이해할 수 없는 것들밖에 보이지 않겠지만, 언젠간 그 사람을 이해하게 되는 날이 올 것이라고 생각해본다.

그러니 나를 이루고 있는 나의 모습과 관계들에 편안한 마음과 태도로 대하는 방법을, 천천히 걸어가며 보폭을 넓히는 방법을, 생각을 키우고 사람을 곁에 두는 방법을, 배려하는 방법을 몸 안 깊숙이 간직하고 싶다. 이와 함께, 흔들려도 부러지지 않을 신념을 만들어두어야 한다는 것을, 세상은 헤아릴 수 없이 넓고 넓어서 끊임없이 도전해야 한다는 것을, 삶을 사는 궁극적인 이유는 모두 행복을 위한 것이라는 것을.

영원히 가슴속에 품고 살고 싶다.

이유

우리는 때때로 이해 없는 판단으로 이유를 요구한다. 하지만 하나의 사건이 일어나기 위해선 여러 배경과 상황 그리고 갈등이 존재한다. 그렇게 할 수밖에 없었 던 아픔과 슬픔 그리고 상처를 종합해보면 하나의 퍼 즐이 맞춰지고 그 사람이 이해된다. 왜 그럴 수밖에 없었는지. 왜 그랬어야만 했는지.

　모든 사건엔 이유가 존재하고 이해를 바탕으로 판 단되어질 가치가 있다.

아련한 글자

힘들다는 생각이 들 때면 서점에 간다. 서점에서만 풍겨 오는 분위기가 있다. 수많은 책. 그러니까 수많은 작가와 편집자, 디자이너 그리고 마케터들의 수고로움과 열정을 담아 만들어낸 책. 요즘에 많은 사랑을 받고 있는 책은 뭐가 있는지, 서가에 꽂혀 점점 잊히고 있는 책은 뭐가 있는지 스윽 둘러보곤 한다.

　내가 처한 상황에 따라 와닿는 책 제목들이 때때로 달라진다. 표지와 제목을 훑어보고 어떤 책일지 짐작해본다. 표지를 열고 작가의 말을 들여다본다. 진심이 묻어나온 책이라는 생각이 들면 망설임 없이 구매한다. 힘든 상황에서 마음에 와닿은 책. 책을 펼치면 나와 비슷한 마음과 감정이 느껴져서일까. 한 사람의 생각이 온전히 와닿아서 그런 걸까. 유독 어떤 글자들이 아련하게 느껴진다. 어떤 글자는 너무 아련해서 꼭 쓰다듬어주고 싶을 때도 있다.

　어떤 하루도 그렇다. 눈에 아른거려 그저 쓰다듬어주고 싶을 때가 있다. 요즘엔 진짜로, 진심으로, 정말로, 내 모든 걸 다해 잘 살고 싶다. 잘 살아내고 싶다. 내 기준에서 잘 사는 삶이라는 건 자신만의 굳은 의지나 신념을 지니고 있는 것, 곁에 슬픔과 기쁨을 나눌 사람이 있는 것, 생각이 말로 이어지고 말은 행동으로 이어지는 삶이다.

그런데 요즘은 개인적인 생각을 삶에 많이 들이지 못하는 나날들이었던 탓일까. 쓰고 있는 글뿐만 아니라 여러 측면에서 비어 있다는 느낌을 받았다.

비어있으면 외부로부터의 자극에 더 많이, 더 크게 반응하게 된다. 내 속이 텅텅 비어있으니까. 속이 텅 빈 깡통처럼 바깥에서 전해오는 자극에 의해 울리는 소리는 계속 커지고만 있었다. 그래서 더욱 예민해진 것만 같은 기분이 들었다.

많이 채워 넣고 싶지만 그럴 수 없었다. 가장 싫어하는 표현을 빌리자면. 요즘엔 '어쩔 수 없이', '시간이 나질 않아서' 그랬다. 한 달도 안 돼서 나를 채우고 있던 주변의 사람이 꽤 많이 떠나갔고, 떠나간 수만큼 상처받았다. 돈, 숫자, 사랑, 이해관계 등 그 모든 걸 포함한 것들이 잡을 겨를도 없이 그렇게 날 떠나갔다.

이 정도라면, 누구도 만나기 싫지만 그럼에도 불구하고 누군갈 만나야겠다는 생각이 들었다. 만나서 모든 걸 털어내고 싶었다. 하지만 그럴 만한 사람이 없었다. 눈물을 펑펑 흘리며 쏟아내고 싶었지만, 내 모든 진심을 보여주기엔 주변의 모두가 여유롭지 않았다.

나는 그래서 슬펐다. 내 마음이 이 정도뿐이었다는 사실과 내 관계가 이만큼의 깊이밖에 되지 못한다는 사실이 슬펐다. 슬플 때 달려와 줄 사람조차 없었다. 나는 그저 그냥 잘 살고 싶은 마음뿐이었는데, 마음에 시퍼런 멍이 드는 것 같았다.

그럴 때면, 나와 비슷한 고민을 하고 내 이야기를 써놓은 것 같은 글과 노래, 영화가 나를 어르고 달래준다. 진심을 다해 적어둔 몇 가지의 다짐과 느낀 점이, 직접 쓴 멜로디와 한 글자 한 글자 적어 내려간 가사가, 그들이 연기로 보여주는 하나하나의 행동들이 나를 위로해준다.

나도 그런 사람이고 싶다. 그런 위로가 되고 싶

다. 그런 글을 쓰는 사람이고 싶고. 그런 마음을 갖고 있는 사람이고 싶다. 멍 위에 연고를 발라줄 수 있는 사람이 되고 싶다. 누군가를 향한 마음을 줄이진 않을 것이다. 언제든 기대도 좋은 사람으로 영영 남고 싶다. 축하해 줄 수 있는 일이 많아졌음 싶다.

잘 사는 삶이라는 건
자신만의 굳은 의지나 신념을 지니고 있는 것,
곁에 슬픔과 기쁨을 나눌 사람이 있는 것,
생각이 말로 이어지고
말은 행동으로 이어지는 삶이다.

어쩔 수 없음

왜 이렇게까지 됐을까 싶은 일들이 있다. 좋은 의미로 좋은 생각으로 한 행동들이지만, 의도한 방향과 다른 의미로 받아들여지는 경우가 그렇다. 그래서 그 일이 아예 틀어지기도 하고, 그로 인해 누군가 떠나가기도 한다.

하지만 그럴 때일수록 혼자 자책하지 않았으면 좋겠다. 결국 모두를 만족시키는 건 불가능한 일이니까.

우리는 사람 사이에 살아가고, 결국 주변 사람들과 함께 삶을 이뤄나간다. 그러나 어떤 의미에서 인생은 결국 혼자 살아가는 것이다. 나의 고민을, 아픔을 전달하려 해도 사람들은 내가 기대하는 것만큼의 관심을 보이지 않는다. 자신이 겪고 있는 것이 아니기 때문이다.

외로움은 누구나의 삶에 기본적으로 깔려 있는 감정이다. 우리는 외로움 속에서 벗어나려고 일을 하고, 사람을 만나며, 사랑을 한다. 삶 속에서 관계를 유지시키는 데에 있어서 외로움은 약간의 윤활제 역할을 하고 있는 건 아닐까 하는 생각을 하곤 한다.

북적거리는 삶을 살아가다가 혼자 있게 되는 어느 날, 외로움은 다시 한번 불쑥 나타나 나에게 말을 걸어온다. 너 외롭지 않냐고, 지금 외로운 거라고. 삶이 퍽퍽해질 때면 결국 사람을 찾는다. 웃음 많은 사람을 찾을 때도 있고. 아무 말 없이 카페에 앉아 서로의 시간을 보낼 수 있는 사람을 찾을 때도 있고. 말이 많은 사람을 찾아 하루 종일 정신없이 함께 수다를 떨 때도 있다.

얼마 지나지 않아 너무 퍽퍽해서였는지 도리어 금세 집에 가고 싶다는 생각이 드는 경우가 대부분이다.

하지만 또다시 외로움이 찾아들 때면 이런 불필요한 일들을 되풀이하고 비효율적인 만남을 이어가다가, 결국엔 후회한다. 그러지 않겠다고 다짐하지만 반복되는 일상과 상황에 다시 그런 만남을 이어가는 나를 발견하게 된다.

불필요하고 비효율적인 만남을 갖다보면 당연한

수순처럼 내가 필요할 때만 나를 찾는 사람들을 만나게 된다. 필요할 때만 찾는 사람들이 싫었는데, 나도 그들처럼 이기적으로 변하는 게 싫었는데, 나 역시도 점점 그런 사람이 되어가는 것만 같다. 어쩌면 내가 그들보다 인간관계를 덜 겪어봤을지도 모르겠다고 여기는 순간이 많아졌다. 누구나 필요할 때만 누군가를 찾게 되는 이유는 생각해보면 쉬웠다. '어쩔 수 없음'이라는 건, 인간관계에서 더 와닿게 되니까.

이젠 크게 마음 쓰지 않기로 한다. 관계에 대해 머리 쓰고 있는 동안에도, 시간은 참 빠르게 흘러가니까. 어딘가에는 비가 오는데, 어딘가에는 해가 쨍쨍하다. 우산도 사람도 필요할 때만 쓰게 되는 거라고 생각한다. 관계를 겪으며 깨닫게 된 점은 나의 행복은 철저히 나에게 달려있다는 것. 그러니 맘 편하게 먹고 내내 행복했음 좋겠다.

메이저와 마이너

지방대 출신. 하고 있는 사업은 자리 잡았다지만 아직 걸음마를 뗀 수준. 꾸준히 책을 출간하지만 엄청난 베스트셀러는 되어본 적이 없는. 어딜 가든 무얼 하든 메이저는 아니다. 그렇다고 마이너 소리는 듣기 싫다. 그럼 메이저가 되라면, 그것도 싫다. 그런 구분을 짓는 게, 구분 되는 게 싫다.

메이저든 마이너든 각자 본분을 다하는 게 중요하지 않을까. 메이저가 할 일을 마이너가 더 잘하는 경우도, 마이너가 할 일을 메이저가 잘하는 경우도 봐 왔으니까. 그냥 그런 거다. 요즘 시대의 메이저와 마이너 차이는 결국 자본이라 생각한다. 자본은 금방 모을 수 있지만, 사람과 사랑과 경험은 그냥 모아지지 않는다.

메이저도 과거엔 마이너였었다. 나를 포함한 이 세상 마이너들에게 악수와 박수를 건넨다.

돈을 떠나, 우린 행복하자고 말이다.

행복

매번 오가는 지하철역의 에스컬레이터가 고장이 나버렸다. 올라가려면 꽤나 많은 계단을 디뎌야 했다. 오르고 내릴 땐 몰랐던 에스컬레이터의 편리함이, 계단 하나하나를 오를 때마다 느껴졌다.

누군가에게 행복만 가득하라고 바라주었던 적이 있다. 바람대로 행복만 가득했으면 정말로 좋겠지만, 살아가며 느끼게 된 건 행복만 가득한 삶에선 그 행복이 무엇인지 진실되게 깨닫기 힘들다는 점이다. 불행과 불행 사이에 끼어 있는 행복들을 마주할 때야말로 그것이 우리에게 더욱더 반갑고 크게 다가올 것이니까. 내가 생각하는, 또 겪은 분명한 사실은, 불행과 불행 사이엔 행복이 끼어 있다는 것이다. 그러니 다가온 불행을 부정적으로 맞이하지 말자. 이내 다가올 것들은 행복일 테니까.

주변에 있는 크고 작은 행복들을 하나씩 챙겨 마음에 심고 싶다. 매일 행복만 가득한 삶이 아니더라도 모아온 행복들이 무럭무럭 자라서 우리가 꾸준히 행복해졌으면 싶다.

CHAPTER 5

안으로 향한 기준

TV에 나오는 사람들과 SNS를 통해 비춰지는 사람들. 나는 왜 그들만큼 잘하지 못할까. 나는 왜 그들만큼 잘생기지 않았을까. 나는 왜 그들만큼 부유하지 못할까. 그런 생각들을 계속해서 되뇌며 현실을 살아가곤 했다.

그리고 밤늦게 퇴근하는 길, 불이 다 꺼진 가게 유리창에 비친 내 모습을 보곤 깜짝 놀랐다. 형체는 있지만 어두컴컴한 게 마치 내 속마음을 비추고 있는 것 같아서. 아무런 색깔도 없는 그저 까만색 사람인 걸 들킨 것 같아서.

화려하고 싶고, 밝아지고 싶었다. 그래서 내가 부러워하는 '그들'처럼 입고 '그들'처럼 먹고 '그들'처럼 행동했다. 하지만 그럴수록 나는 점점 더 움츠러들었다. 왜일까. 어째서 그들처럼 되지 못할까. 왜 자꾸만 작아지는 걸까.

이유는 간단했다. 그들은 내가 아니기 때문이다. 나를 바라보는 기준을 내가 아닌 '바깥'에 두었을 때, 나는 나를 미워하고 있었다. 미워하면 미워할수록 나는 점점 작아지기만 했고, 계속해서 움츠러들었다. 스스로 작아지게 만들어 놓고선 또다시 작아진 나 자신을 나무라며 미워했다.

악순환의 반복, 그 자체였다.

'나를 좋아할 순 없을까. 나는 그저 나일 순 없는 걸까'라는 생각을 했다. 막상 생각의 물꼬가 트이자 나를 어디서부터, 어떻게 좋아할지 감이 오질 않았다. 고민했다. 어디서부터 길을 터야 할까, 생각이 유연하게 흐르려면 어떻게 해야 할까.

그러다 문득 '누군갈 좋아할 때 어떻게 좋아할지 생각하고 좋아했었나' 하는 생각이 들자 쉬워졌다. 그 사람에 대해 알고, 그 사람의 장점을 하나하나 자연스럽게 파악할 때, 어느 순간 그 사람을 좋아하게 되지 않았던가. 그와 같은 과정을 나 자신에게도 적용해보기로 했다.

내가 뭘 좋아하는지 알고, 뭘 싫어하는지 알아야 했다. 어떤 것에 슬퍼하고, 어떤 것에 감동할까. 내가 잘하는 건 뭔지, 내가 오래할 수 있는 건 뭔지, 내가 부족하다고 생각하는 건 또 뭐였더라. 하나하나 나를 알기 위한 노력들을 하면서 자연스럽게 나를 좋아하는 과정을 겪어나갔다.

그러자 바깥에 있던 기준은 안으로 향하고 곧 내가 되었다. 나를 향하고 있던 미움은 좋아함으로 바뀌었다. 사실 나를 한 번 좋아했다고 해서 영원히 좋아만 할 수 있는 건 아니었다. 가끔 다시 내가 미워질 때도 있었다.

그럴 때마다 나를 다시 좋아하기 위한 방법들을 찾아 나섰다. 여행을 가기도 하고, 내 모습을 유심히 관찰하기도 하고, 혼자 깊은 사색에 빠지기도 했다. 때론 무모한 짓을 해볼까 생각했다가 그만두어 버리기도 했다.

그렇게 나는 여전히,
나를 좋아하는 연습을 계속해서 하고 있다.

아무것도 시작하지 않으면,

아무것도 시작되지 않는다

독일의 철학자 니체는 이렇게 말했습니다.

"모든 일의 시작은 위험하다.
그러나 무엇을 막론하고,
시작하지 않으면 아무것도 시작되지 않는다."

– 《인간적인 너무나 인간적인》 중에서 –

이 문장을 제 마음속에 깊이 새겼습니다. 명함과 사원증에도 적어 넣을 정도로 제가 가장 좋아하는 말입니다. 니체가 말했듯, 모든 일의 시작은 위험합니다. 위험이라는 것은 실패의 요인으로 분석되는 모든 것들이 될 수 있겠지요. 잘될 거라 굳게 믿고 시작한 일들이 시작해보니 삐걱거리거나, 실패로 수렴하게 되는 일이 한둘이 아닌 것처럼 말이에요. 지금껏 펼쳐진 그리고 앞으로 펼쳐질 세상 모든 일들은 하나도 빠짐없이 위험합니다. 위험하지 않은 일이란 게 존재하지 않을 수도 있습니다.

그러나 니체의 말처럼 시작하지 않는다면, 결국 아무런 일도 시작되지 않습니다. 그런 의미에서 아리스토텔레스가 "시작이 반이다"라고 한 말이 떠오르기도 합니다. 시작하지 않는다면 후회하는 일밖에 일어나지 않겠지만, 시작한다면 성공과 실패 중 하나의 결과는 얻을 테니 무엇이든 시작하셨으면 좋겠습니다.

타인의 결과만 바라보며 부러워하는 일이 줄었으면 좋겠습니다. 결국 무얼 시작하기 위해선, 타인의 기준과 잣대가 아닌 자신의 모습과 과정에 집중할 줄 알아야 합니다. 내가 어떤 걸 좋아하고, 무얼 잘하는지 알고 행동하면 어떨까요. 노력 없이는 결과도 없듯, 결국 아무것도 시작하지 않으면 아무것도 시작되지 않으니 말이에요.

누군가 당신의 꿈을 비웃더라도 걱정하지 않으셨으면 좋겠습니다. '꿈같은 일'을 꿈꾸지 말라고 해도 걱정하지 않으셨으면 좋겠어요. '꿈같은 일'이라 치부된다 해도, 우리가 바라는 일들과 원하는 일들 모두 결국 꿈으로부터 시작되니까요.

처음 떠나는 모험

반 고흐는 죽기 전까지 작품을 800점 이상 그렸지만 살아 있는 동안 팔린 작품은 단 한 점뿐이라고 합니다. 그는 스물일곱이라는 당시로선 늦은 나이에 화가가 되기로 결심했고 죽는 날까지 작품 활동에 매진했습니다. 살아 있는 동안 끊임없이 생활고에 시달렸으며, 물감조차 살 돈이 없어 동생 테오에게 죽기 전까지도 금전적인 지원을 받아야 했습니다.

그런 그가 동생 테오에게 보낸 편지에는 "진지하게 작업을 해 나간다면 언젠가는 사람들의 공감을 얻게 될 것이다"라고 적은 내용이 실려 있었습니다.

당장의 결과가 아닌, '언젠가는' 사람들의 공감을 얻게 될 거라 믿었던 고흐처럼 어떤 일이 나에게 맞고, 맞지 않고는 시작해보고 결정해도 늦지 않습니다. 정말로, 정말로 늦은 일은 시도해보지 않고 시작할 시기를 놓친 후 '해 볼 걸……' 하고 후회하는 게 아닐까요. '나랑 잘 맞을까?', '흥미로울까?'와 같은 질문은 잠시 접어 주머니 속에 넣고 그 일을 직접 마주하고 부딪치며 깨달아야 합니다.

도전하기 전까지 그런 질문의 대답은 어디까지나 겪어보지 못한 당신이 하는 대답이거나, 그 일에 대해 잘 알지 못하는 사람들의 이야기가 대부분일 테니까요.

도전하기 전에 그런 생각이 들 수도 있을 겁니다. '내가 원하던 결과가 나오지 않으면 어떻게 하지'라는 일련의 걱정거리들 말이죠. 꼭 원하는 결과를 이뤄야만 할까요. 꼭 정해진 정답이 있어야만 할까요. 결코 그런 이야기가 아닙니다. 원하는 결과를 이루시라고 무엇을 하라는 말도 아니고, 정해진 정답을 찾기 위해 무엇을 하라는 것이 아니에요.

처음 떠나는 모험이 가장 어려운 법입니다. 그 과정 안에서 느껴지는 재미를, 모험을 왜 떠나는지를 알게 되었으면 좋겠습니다. 어쩌면 예상하지 못한 보물 상자를 발견할 수도 있으니까요. 사실 우리가 하는 걱정들은 친구가 참 많아서 하면 할수록 더 많은 걱정을 불러오더라고요. 걱정할 필요 없습니다. 원하는 결과가 나오지 않더라도 괜찮아요. 시작하고 행동하는 것들이 원하던 길이 아닌 엉뚱한 방향으로 가더라도 괜찮다는 말이에요.

엉뚱하지만 더 좋은 길이 나올 수도 있습니다. 시작조차 하지 않으면 영원히 겪어보지도 못할 무궁무진한 가능성의 길들 말이에요. 물론 걱정은 걱정을 몰고 다니는 터라, 일을 시작하면서도 잘될까 하는 의문과, 잘 안되면 어떡하지 하는 의심과, 망하면 안되는데 하는 걱정이 함께할 것입니다. 하고 싶은 일들을 하는 중이라고, 그렇게 평생을 살 것이라고 말을 하지만 그렇게 말을 하는 동안에도 불안함과 의심이 조금은 존재하니 말이에요.

하지만 막상 일을 시작하자, 그런 생각들이 전혀 들지 않는 걸 보면 말이죠. 불안함과 의심들은 무작정 저질러 보는 용기 앞에선 모습을 감추는 것 같습니다. 줄줄이 꿴 걱정에 묶이는 것보다 무작정 저질러 보는 게 답이구나 하는 생각이 겪어볼수록 듭니다.

우리 모두가 알고 있는, 한 시대를 대표하는 화가도 자신의 현재 상황에 대해 또 자신의 미래에 대해 불안해했습니다. 다만 그는 꾸준하게 자신이 하고자 하는 일을 해나갔을 뿐이고, 자신이 좋아하는 일을 더욱 사랑했을 뿐이죠. 그는 '언젠가는' 자신의 그

림을 사람들이 알아줄 것이라고 믿었고, 불안하지만 꾸준하게 또 끊임없이 작업을 이어갔습니다.

누군가는 시작하기 전에 잘될까라는 고민들을 할 테고, 누군가는 무언가를 해나가고 있는 중에 다가온 불안을 마주하며 걱정에 빠져 있을 수도 있습니다. 허나 고민과 걱정에 잠식되지 않으려면, 우선 꾸준하고 끊임없이 해나가는 수밖에 없습니다. 도전하고 난 후에 설령 그 길이 맞지 않는다는 생각이 들어도, 차가운 현실의 벽을 마주하더라도 감내하고 묵묵히 꾸준히 나아갈 자신이 있다면 말입니다. 그럼에도 불구하고 계속 가고 싶은 마음이 들고 있다면, 눈 질끈 감고, 시작하세요, 어서!

우린 말이죠, 언젠가는 될 겁니다. 우리의 '언젠간'이 당신의 삶에 조만간, 안녕하게 도착하길 바랍니다.

견딤이 주는 가치

전역 후엔 거의 분기별로, 아니 한 달에 하나씩 새로운 일을 벌이곤 했다. 새로운 사업을 시작하고, 새로운 프로젝트를 기획하거나, 새로운 책을 출간하는 등 많은 일을 시작하고, 여러 상황을 대하면서 '어렵다'라는 느낌이 많이 들었다.

어려움은 나의 일에 있어서도 그랬지만, 내가 겪는 인간관계들에서도 느껴졌다. 하지만 어렵다는 말을 되뇔수록 내가 겪게 된 상황과 내가 마주하게 될 상황은 정말로 어려워지기만 했다. 좀처럼 나아질 기미가 보이지 않았고, 내 마음 역시 '어려움'에만 초점을 맞추니 나의 태도 역시 그렇게 변해갔다.

스스로 변해가고 있다는 걸 인지할 즈음, 나는 이래선 안 되겠다고 다짐했다. 굳어진 생각을 바꾸고 되뇌는 말을 바꾸며 행동을 바꿔야 했다. 그럼 상황도 저절로 바뀌게 될 것이라는 생각 덕분인지 놀랄 만큼 수월했다.

가장 처음 바꿨던 행동은 어려움을 대할 때 나오는 나의 말이었다. '어렵다'라는 말을 '쉽지 않다'라는 말로 바꾸니, 모든 일과 상황의 난이도를 '쉬움'

단계로 대할 수 있었다. 그리고 내가 어려움을 느끼는 일과 상황이 그저 '쉽지 않은' 상태에 불과한 것으로 느껴졌다. 사실 많은 걸 바꿔도 어려운 건 매한가지이다.

나의 생각과 되뇌는 말은 나를 이전과 다르게 만들었다.

사실 우리가 처하게 될 일들과 상황은 모두 어렵다. 그런 의미에서 우리의 일이나 상황을 바꾸려 하는 시도 역시 어렵다. 성공도 어렵고 변화도 어렵다. 그래서일까. 실패하는 것과 나태에 빠지는 것은 쉽다.

실패하는 방법과 나태함에 빠지는 방법은 누구나 알고 있지만, 성공하는 방법을 알고 있는 사람은 극히 드물다(아니, 어쩌면 성공하는 법을 알고 있는 사람은 없을 수도 있다). 우리가 어려움을 회피하는 이유는 쉬워서다. 정말로 성공을 원한다면, 어려워져야만 한다. 어렵고 힘든 상황을 견디고 즐길 줄 알아야 한다.

결국 인생은 고통이다. 삶 자체는 고통일 수밖에 없다. 존재 역시도 고통이다. 우리가 죽음으로 회귀하는 동안 살아내야 하는 저항값이 고통인 것이다.

내가 존재하기 때문에 지금 고통 받는 건 당연하다. 허나 고통을 회피하는 건 존재를 포기하는 것이다. 우리는 나아가고 흘러가기 위해서 많은 것들에 부딪혀야 한다. 그것이 사람일 수도, 환경일 수도, 체제일 수도 있다.

잘 안된 이유, 좋지 못했던 이유는 결국 '나' 때문이다. 설령 그렇지 않더라도 그렇게 생각하고, 그렇게 마음먹는 편이 세상을 대하는 태도와 입장에서 본다면 한결 편해진다. 잘 안된 이유를 다른 데로 돌릴 경우, 우리는 영원히 한 가지 고통 속에서만 살아가게 될 것이다. 어차피 삶과 존재는 고통이다. 다양한 고통을 겪어내는 사람만이 더 나아갈 수 있다.

고통 없인 아무것도 없다. 그러니 마음 편히 겪어내기를 바라고 바란다.

반증

나를 위해 그리고 누군가를 위해 소소하게 위로를 전하는 글을 담은 내 SNS에는 책을 읽어주신 수많은 분의 감사 인사와 아직 얼굴은 모르지만 본인의 고민을 털어놓는 분들의 수많은 이야기가 메시지로 전달된다.

나는 모든 메시지에 일일이 답장하지 못하지만, 보내주신 감사 인사와 고민들에 종종 답장을 하는 편이다. 어느 날 한 독자분이 보내주신 질문에 정성스럽게 답을 쓰고 싶다는 마음이 간절해졌다.

"살아간다는 것은 왜 힘들까요? 힘 빼고 살아가보려 해도 자꾸만 좌절하고 넘어지고, 단점에 대해 질타만 받으니 무겁고 힘드네요."

묵직한 고민이 섞인 질문이었다. 나 역시 매번 했던 고민이었고, 많은 이들이 나에게 물어오던 고민이었다. 고민이 들 때마다, 누군가 고민을 물어올 때마다 스스로에게 답을 구해보려 노력했다. 지금 이 순간까지 삶은 왜 힘든 것일까에 대한 나만의 정답을 찾으려고 고민했다. 잠시 시간을 갖고 생각을 정리한 후, 키보드 위에 손을 올렸다.

그리고 나는 이렇게 답장을 보내드렸다.

"우선 삶은, 존재한다는 것은 고통입니다. 인간이 기 때문에, 자의식이 있기 때문에 고통을 느끼는 거예요. 그렇기 때문에 목표와 방향을 명확하게 잡고 살아야 합니다. 힘은 가끔 빼고 계속해서 나아가는 것이 필요할 거라고 생각해요.

물론 나아가는 도중에 힘이 들 때도, 도저히 못 갈 것 같은 때도 있겠죠. 그럴 땐 쉬어가고, 충전하는 게 필요하겠지요.

하지만 뭐가 됐든 계속해서 나아가야 한다는 생각은 하고 계시는 편이 삶의 힘듦과 고통에서 조금은 자유로워질 수 있을 거라고 생각해요. 어차피 존재한다는 것 자체가 힘들고 고통스럽기 때문이에요.

다만 그 나아가는 과정에서 다른 사람의 기준과 평판에는 신경을 끌 수 있는 결단이 필요합니다. 다른 사람보다는 '어제의 나'와 비교하세요. 모든 기준은 '어제의 나'입니다. 나는 어제보다 얼마만큼 나아갔느냐만 생각하세요.

좌절하고 넘어진다고 해서 실망하지 마세요. 좌절해도 좋아요. 넘어져도 좋아요. 그 모습 자체가 어디론가 나아가고 있다는 것의 반증이 될 테니까요.

단점을 보완하는 방법을 택하든, 장점을 더 돋보이게 하는 방법을 택하든, 어떤 선택을 하든 후회는 분명 생길 겁니다. 가장 좋은 선택은 그 선택을 후회 없게 만드는 것이겠죠.

잘하실 겁니다. 실패한 만큼 성공할 수 있고, 좌절한 만큼 기뻐할 수 있고, 넘어진 만큼 앞으로 나아갈 수 있습니다.

버티고 버티며 나아간다면, 언젠가는 원하는 방향으로 나아가고 있는 나를 발견할 수 있을 거라고 생각해요."

정말로 지칠 때면 쉬어가고 잠시 멈추고, 어쩔 땐 힘을 빼도 되지만 결국 우리 삶은 '나아감'으로써 흘러가는 것이라는 말을 전해드리고 싶었다. 인생은 결국 선택의 연속일 테고, 모든 선택의 결과물은 나의 지금 이 순간일 것이다.

삶은 복잡하지만 단순하다. 그렇기에 어떤 선택을

할지에 대한 고민을 오래하기보다 내 마음이 가는 쪽을 일단 선택하고, 그 선택을 최대한 후회 없게 만드는 것이 선택을 가장 효율적으로 할 수 있는 방법이지 않을까 하고 생각한다.

넘어짐은 나아가고 있음의 반증이다. 좌절은 무언갈 도전했다는 것의 반증이다. 넘어짐과 좌절을 부정적으로만 받아들이지 않았으면 싶다. 넘어져 본 사람만이 일어날 수 있고, 좌절해 본 사람만이 기쁨을 느낄 수 있다. 모든 순간에 앞으로 나아갈 수는 없다. 넘어지고 좌절하는 것은 나아가려고 할 때 당연히 맞이하는 과정이라고 여길 수 있는 마음가짐이 필요하다고 생각한다.

그랬구나

군인 시절, 장교였던 나는 병사 친구 4명을 데리고 있었다. 워낙 강압적인 걸 싫어하고, 사람을 위아래로 구분 짓길 싫어하는 터라 군인과 군대는 나와 맞지 않는 직종이고 공간이었다(대부분의 사람이 그러하겠지만).

의무 군 생활을 하고 있는 병사 친구 4명과 군 생활뿐만 아니라 서로의 '20대 인생론'에 대해서도 자주 이야기를 나누곤 했다. 생면부지의 사람들이 아침에 눈을 떠서 저녁에 눈을 감을 때까지 함께 생활하기에 최대한 서로를 배려하는 걸 강조했다. 화가 날 때면 매번 5초만 참고 상대방이 '왜 그런 걸까, 왜 그랬을까'를 생각한 후 대화를 이어나가라고 권고하기도 했다.

하지만 그게 마냥 쉽지만은 않았다. 병사 친구들 중 2명이 서로 미워하는 걸 넘어서 싫어했기 때문이다. 얼마나 고통스러운 일일까. 눈을 뜨면 싫어하는 사람이 보인다. 밥을 먹을 때도, 샤워를 할 때도, 작업을 할 때도 그리고 다시 눈을 감기 전까지도. 서로 싫어하는 걸 억지로 좋아하게끔 만들 수도 없는 노릇이었다.

어떻게 할까 고민을 하던 중, TV에서 〈무한도전〉
이 나오고 있었다. 상대방이 어떤 기분 나쁜 말을 하
더라도 "그랬구나"라는 말을 하며 웃어넘기는 코너
가 진행되고 있었다. 순간 번뜩였다. 서로 좋아할 순
없어도 이해하기 위해 노력하는 과정을 겪게 하는 건
어떨까. 상대방이 아무리 밉고 싫더라도 '그랬구나,
마음이 많이 힘들었구나. 그랬구나, 많이 아팠겠구
나. 그랬구나, 화가 날만 했겠구나'라는 생각을 한 번
이라도 해보는 건 어떨까.

　서로를 싫어하던 2명을 마주치지 않게 따로 불러
서 종이 한 장과 펜을 쥐여줬다. 그리고 상대가 왜 그
런 걸까에 대한 이유를 적어보라고 했다. 갑작스러운
제안에 처음엔 둘 다 힘들어하더니, 시간이 조금 흐
르자 한 문장 두 문장 써내려가기 시작했다. 그리고
다시 그들과 이야기를 나눴다. 상대가 왜 그랬는지
이해할 수 있겠냐고 묻자, 그들은 그럴 순 있지만 여
전히 밉고 싫다고 답했다.
　나는 그 병사 친구 2명이 마찰을 빚을 때마다 비
슷한 조치를 반복했고, 덧붙여 상대방의 행동과 이
유에 대해 '그랬구나'를 붙여 생각해보라고 권고했다.

처음엔 효과가 없는가 싶더니 상대방의 상황에 대해 생각하는 시간을 한 달 정도 보내자, 서로의 마음을 이해한다는 식의 대화가 오고갔다. 나는 그거면 됐다 싶었다. 좋아하는 건 어렵더라도 왜 그랬는지 이해할 수 있다면 싫어하는 일은 그만둘 수 있지 않을까 하는 생각이 들었다.

그런데 그 후 둘은 서로에게 마음의 문을 열었고, 급속도로 친해지는 모습을 보였다. 또래라서 그랬을까, 상대방을 이해하려고 노력했기 때문일까. 이유는 정확히 알 수 없어도, 나는 '그랬구나'가 주는 놀라운 힘을 믿게 되었다.

'그랬구나' 이 단어에는 마음을 다독여주는 힘이 있다. 하지만 겨우 네 음절에 불과한 이 단어를 입 밖으로 꺼내기는 굉장히 어려운 일이라고 생각한다. 상대방을 이해하려는 마음을 갖고, 그 당시에 겪었을 상대방의 상황을 곰곰이 생각해보며, 그가 어떤 기분을 왜 느끼게 됐을지 이해했을 때, 비로소 나올 수 있는 말이기 때문이다.

감정을 있는 그대로 드러내는 건 쉽다. 상대방이 나에게 화를 내니, 나도 상대방에게 화를 내고 싶은 건 당연한 일이다. 그러나 감정을 있는 그대로 드러 낸 뒤 감당해내야 할 몫은 굉장히 어렵다. 사과를 어 떻게 꺼내야할지 모르는 게 다반사니까.

서로 화를 낸 후에 찾아오는 어색함. 그 어색함 가운데 아직도 이어지는 '누가 먼저 사과를 하느냐' 에 대한 팽팽한 신경전. "네가 먼저 화를 내서 나도 어쩔 수 없이 화를 냈어"라는 말은 상황을 더욱 악화 시킬 테고, "미안해. 나도 잘못했는데 너도 잘못한 거 같아"라는 말은 바람직하지 않다. 그렇다고 먼저 미안 하다는 말을 꺼내자니 '네가 먼저 화를 냈기에 나도 화가 난 건데'라는 생각과 자존심이 미안하다는 말 을 입 밖으로 꺼내지 말라고 입을 틀어막는 것 같다.

누군갈 이해한다는 건 어려운 일이다. 하지만 누 군가를 이해하는 일은 우리가 일상을 겪어내며 보통 과 평범, 그 가운데를 웃돌며 하루도 빠짐없이 겪게 되는 일이다. 저 사람은 왜 저런 말을 하지, 왜 저렇 게 옷을 입지, 왜 저렇게 걸어가지 등등. "왜?"라는 수많은 질문이 다른 사람을 향한다. 그래서 이해하는 건 어렵다. 나와 다른 삶을 살아왔고, 쌓아온 경험들 이 저마다 다를 테고. 더군다나 무언갈 바라보는 시선도 완벽하게 다르기 때문이다.

　각자의 비좁은 마음에 조금이나마 여유를 주는 건 어떨까. 우리 모두가 다르기에 서로의 다름을 인정하고 이해하며 더 나아가 그 사람이 겪고 있는 상황까지 헤아리려는 노력을 해 보는 건 어떨까.

　'그랬구나'라는 마음가짐과 그것을 입 밖으로 꺼낸 말은 상대방을 이해하는 걸 넘어서 내 마음까지 달래주기도 한다. 그래서 화를 낸 거구나. 그래서 퉁명스러운 말을 내뱉었던 거구나. 이제야 이해가 된다. 상대방을 이해하기 위해 노력했던 행동들이 나를 다독이고 나를 위로해줄 때가 있는 것이다. 내가 진리를 깨우친 것도 아니고, 해탈의 경지에 이르러 화내는 법을 모르는 사람이기에 그런 것도 절대 아니다. 조금의 시간과 여유를 갖고 마음을 열면 모든 게 '그랬구나, 그랬겠구나, 그럴 수도 있겠다' 하는 생각이 든다.

　한 사람을 생각하는 것이 아니라, 그 사람을 둘러싸고 있는 것들에 대해 생각하면 조금은 이해할 여지가 생긴다. 마음 한편에 그 사람을 위해 내어줄 공간을 마련하는 나를 발견할 수 있다.

다름을 이해하는 것2

영화 〈영 앤 뷰티풀〉을 봤다. 재밌기도 했고, 보고 나서도 계속 생각나서인지 다른 사람들은 이 영화에 대해 어떻게 느꼈을지 궁금해졌다. 리뷰를 찾아보던 중한 리뷰가 눈에 꽂혔다. "각자 젊음을 소비하는 방식에 따라 성장한다"라는 문장이었는데, 나에게 깊은 공감을 불러일으키기에 충분했다.

글을 쓰고 강연도 다니지만, 내 일상의 대부분은 출판사와 카페를 운영하는 것에 초점이 맞춰져 있다. '우리의 이야기는 영화다'라는 슬로건을 바탕으로 책을 출판하고, 카페를 방문해주시는 분들께 커피와 빵을 내어드린다. 운영하는 카페에서는 원두가 가진 고유의 향에 따라 각기 다른 이름을 사용하는데, 하나는 '우리의 이야기는 영화다'이고 다른 하나는 '다름을 이해하는 것'이다. 회사를 운영하면서, 글을 쓰면서, 인생을 살아가면서 가장 중요하다고 생각했던 가치는 '다름을 이해하는 것'이기에.

글을 쓰고 강연을 하는 입장에서 바라본 내 글과 이야기의 원천은 '대화'였다. 사람과 사람 사이에 흐르는 것들에서 영감을 얻기도 하고, 사람과 사람 사이에서 주고받는 것들로 마음이 짠해지기도 했다. 이상한 이야기로 들릴 수도 있겠지만, 새로운 영감을 얻고 싶을 때면 가끔 지하철에서 볼륨을 꺼둔 채로 이어폰을 귀에 꽂고 있는다. 사람들이 주고받는 대화를 듣기 위해서이다. 그렇게 함으로 나와 비슷한 이야기에 공감하기도 하고 새로운 이야기를 얻기도 한다.

수많은 사람과 대화를 나누고, 수많은 사람의 대화를 듣다보면 결국 우리는 각자 다른 색깔로 존재하고, 각자 다른 상황에 처해 있다는 것을 알 수 있게 된다. 그러니 대화할 때도 가장 기본적으로 '우리는 서로 다르다'는 걸 인지하고 더 나아가 상대방의 상황과 기분을 이해해줄 수 있는 마음의 공간을 마련해야 한다고 생각한다.

비슷한 의미에서 철학자 강신주는 "색깔은 찾는 것이 아니라, 드러내는 것이다"라고 말했다. 우리가 흔히 쓰곤 하는 슬로건 중 "너만의 색깔을 찾아!"라는 말과는 상반되게 모두가 이미 저마다의 색깔을 갖고 있다는 걸 의미한다. 덧붙여, 나의 색깔은 분홍색

인데, 다른 사람들이 모두 주황색이라고 이야기하면 사람들은 스스로 '나는 색깔이 없는 사람이구나, 나만의 색깔을 찾아야겠다'라고 생각한다는 것이다.

　　한때, '나만의 색깔을 찾는 것'에 집중했던 적이 있었다. 색깔을 찾지 못한 나는 아직 무채색의 사람이라고, 이 모든 과정은 나만의 색깔을 찾아가는 과정일 것이라고 생각했기 때문이다. 하지만 돌이켜보면 내가 갖고 있던 색깔은 상황 때문에, 사람 때문에 드러나지 못했을 뿐이지 나는 언제나 나만의 색깔을 가지고 있었다.

　　나의 색깔을 드러내기에 집중하는 게 아닌, 나의 색깔을 찾기 위해 수많은 경험을 쌓느라 바빴다. 그러다보니, 무엇 하나에 집중하지 못하고 스스로 작아지는 일이 더욱 많아졌다. 모두 자신만의 길을, 색깔을 찾아나서는 것 같은데 나는 여전히 제자리, 그들을 돋보이게 해주기 위한 존재로밖에 여겨지지 않았다.

　　하지만 '서로 다름'을 인지하려 노력하자, '나'에게 초점을 맞출 수 있었고, 더 나아가 나와 타인을 이해하는 방법에 대해 고민할 수 있게 되었다.

덩달아 마음이 편해졌다.

찾아 헤맸던 노력이 무색하게도, 내가 서 있는 자리에서 그동안 그토록 원했던 나만의 색깔을 찾았다. 내가 겪고 있는 과정들 역시 내 색깔을 온전하게 세상에 드러내기 위한 방법 중 일부였던 것이다. 그러자 다른 사람의 색깔이 어떻든 간에 그들과 나의 색깔을 어떻게 조화시킬 수 있을까에 대한 고민을 시작할 수 있었다.

서로 다름에 대해, 나의 색깔에 대해 고민하기 전에는 누군가가 고민을 털어놓을 때 전폭적으로 공감하거나 위로해 줄 수 없었다. 나와 완벽히 다른 상황에 있다는 이유에서 잘 공감이 되지 않았다. 허나 서로 다름을 이해하려고 노력하다 보니, 나와 완벽하게 다른 상대방이 갖고 있을 고민이나 아픔, 슬픔에 더욱더 공감할 수 있었다. 그들의 상황에 더욱 몰입할 수 있게 되었고, 그들의 고민에 공감하기 위해 노력할 수 있었다.

우리는 서로 다르다. 그래서 합쳐질 수 있다. 다

름을 이해할 수 있을 때 비로소 더욱더 조화로운 세상을 만들어 갈 수 있다. 모든 건 마음먹기에 따라, 생각하기에 따라 달라진다.

계획과 운 사이에

계획했던 일 대부분은 이루어지지 않습니다. 올해 초 세워둔 계획은 어떠셨나요. 지금껏 살아오며 세웠던 무수한 계획은 어떻구요. 저 역시도 시작할 때마다 그 럴듯한 마무리까지의 과정을 계획했지만, 대부분 지키지 못했고 그래서 이루어지지 않았습니다.

저는 여러 가지 직업을 가지고 있습니다. 이렇게 글을 쓰는 작가이기도 하면서, 누군가에게 꿈과 영감을 불어넣는 강연자이자, 출판사를 운영하는 사람이기도 합니다. 하지만 계획대로 되었던 것보다는 계획하지 않았던 일들이 이루어진 경우가 더 많습니다.

'계획한 것들은 대부분 이루어지지 않는다'라는 말이 부정적으로 들리겠지만 반대로 생각해보면 계획하지 않았던 일들이 이루어지는 경우가 있다는 말입니다. 그래서 우리는 열린 마음으로 세상을 대할 필요가 있습니다. 성공한 사람은 그리고 무언갈 이뤄낸 사람은 대부분 그 길을, 그 생각을 처음부터 갖고 있었던 게 아니었습니다. '하다 보니' 하게 됐고, '걷다 보니' 멀리 온 것일 뿐입니다.

그러니 치밀하게 세워둔 많은 계획이 이뤄지지 않

더라도 너무 실망하지 않으셨으면 좋겠습니다. 우리가 세워둔 치밀한 계획은 수많은 변수를 전혀 고려하지 않은 채 세워진 것들일 뿐이니까요. 모든 건 '운'입니다. 성공할 수 있었던, 계획대로 될 수 있었던 모든 것은 다 '운' 덕분인 것입니다.

그러니 성공했다고 해서, 계획대로 되었다고 해서 자만하지 말고, 실패했다고 해서, 계획대로 되지 않았다고 해서 좌절하지도 않았으면 좋겠습니다. 지금 이 순간과 내 상황에 최선을 다하고 주어진 일을 스스로 만족할 수 있을 만큼 해낸다면, 어떻게든 좋은 방향으로 흘러가게 되어 있으니까요.

치밀한 계획 역시 인생의 중요한 부분이겠지만, 어차피 모든 것은 내 생각대로 되지 않을 것입니다. 조금 더 초연한 자세로 삶을 대할 줄 알아야 합니다. 내가 가꾸고 있는 나의 실력과 능력의 결과 역시, '운'에 의해 결정됩니다.

'운'이라는 녀석을 관리하는 방법 역시 다양하겠지요. 차곡차곡 쌓아올린 인간관계와 여러 능력 혹은 값진 경험 등등. 내가 삶을 대하는 태도만큼 '운'은 시간 차를 두고 찾아올 것입니다. '운'이라는 것이 나에게 찾아온 순간, 쌓이고 쌓인 모든 것이, 덮고 있던 먼지들을 털어내고 당신의 계획을 이뤄줄 빛을 힘껏 발할 테니까요. 그러니 겸손한 태도를 항상 지니고, '운'을 기다릴 줄 아는 마음가짐을 품었으면 합니다.

어쩌면 당신은 이미 계획과 운 사이, 가까운 곳에서 있을지도 모르겠습니다.

나를 채우는 것들

하루에도 몇 가지 일을 하다 보니 휩쓸리지 않는 법에 대해 자꾸만 생각한다. 하루에도 몇 번씩 나태와 무기력, 허무한 감정들이 반갑게 인사한다. 반기지도, 들어오라는 말하지도 않았는데 밀고 들어오는 것들에 휩쓸리고 싶지 않다.

내 중심을 붙잡는 일, 삶에 원칙을 들이는 일, 규칙과 기준을 지키는 힘. 유혹을 이겨내고 고통을 즐겨보는 것. 잘 살 수 있을까 싶지만, 문득 잘 살고 있구나 하는 생각이 들어 위로받는 삶의 기쁨. 새벽 3~4시에 일이 마무리되어도 가슴 벅참을 느낄 수 있는 것.

휩쓸리지 않기 위해, 중심을 잡기 위한 노력을 하고 있다는 생각을 의식하면 뭐든 될 것만 같은 느낌이 든다.

나의 원칙은 '세상을 따뜻하게 만들기 위해, 내가 뜨거운 사람이 되는 것'이다. 뜨거운 사람이 되기 위해서는 중심을 잡아야 한다. 중심은 규칙과 기준을 올바르게 세움으로써 잡힌다. 중심을 잡기 위한 나의 노력은 그렇다. 어떻게든 계획적인 하루를 보내기 위해 노력하는 것.

무슨 일이 있어도 아침 8시에 일어나 운동하기.
출근 시간 10시는 꼭 지키기.
점심시간은 최대한 아껴 쓰기.
웬만하면 평일 저녁 식사는 간단하게.
별일 없다면 오후 8시까지는 꼭 독서하기.
하루 한 시간 정도는 스스로에게 숨 쉴 틈 주기.
잠 들기 전, 운동과 독서는 꼭 한 시간씩 하기.
평일에는 맑은 정신을 위해 술 마시지 않기.

이와 같은 것을 지키는 날도 있고 지키지 못하는 날도 있지만, 지키는 날을 늘리기 위해 노력하고 있다. 하루만 보면 빡빡하게 돌아가지만 크게 변하는 건 없다. 하지만 일주일, 한 달, 분기, 반기, 일 년을 바라보면서 삶에 원칙과 기준 그리고 규칙을 들이면 큰 성장을 꾀할 수 있다.

흔들림에 자주 반응하고 휩쓸리면, 스스로 어떤 방향으로 나아가고 있었는지도 모르게 된다. 나아가는 방향을 잊게 되면 왜 나아가야 하는가에 대한 의문이 든다. 그러다가 굳이 나아가지 않아도 되겠다는 결론에 이르고, 삶은 나태와 무기력함과 허무함으로 물들게 된다.

물론 나태와 무기력과 허무한 감정들로 삶을 채워 나가도 좋다. 후회만 하지 않을 거라면 말이다. 어제보다 조금이라도 나은 사람이 되고 싶다면, 원하는 모습으로 삶을 살아가고 싶다면, 원하는 모습까지는 아니더라도 스스로 만족할 수 있는 삶을 살아갈 수 있으려면 나를 채우는 것에 정성을 들여야 한다.

삶의 큰 원칙을 세우고, 나만의 기준을 만들고, 나만의 규칙을 정하는 것만으로도 흔들림은 미약해질 것이다.

행복은 결국 내 마음속에

행복은 결국 내 마음속에 있다고 생각합니다. 한시
〈봄을 찾아探春〉를 참 좋아합니다. '봄을 찾으려 짚신
이 닳도록 돌아다녔건만, 집에 돌아와 보니 봄은 매화
가지에 걸려 있었다'라는 내용인데요. 각자 해석하기
나름이겠지만, 저는 이 구절을 행복에 비춰보게 됐
어요.

우리는 행복하려고 참 많은 일을 하고 있습니다.
그런데 행복은 과연 자신을 위한 것일까요? 이미 스
스로 무엇을 해야 행복한지 알고 있지만 많은 사람이
자신이 알고 있는 것이 아닌, 다른 것에서 행복을 찾
으려고 노력하는 것을 목격하게 되었습니다. 다른 사
람들이 그렇게 하니까 나도 다른 사람만큼 하고, 다
른 사람의 기준에 맞게 자신의 모습을 맞춰가며, 자
신을 그 기준에 맞게 재단하고, 맞지 않는 옷을 입으
며 불편해했습니다.

제가 드리고 싶은 말씀은, 그러지 말라는 겁니다.
자신이 무얼 좋아하고 있고, 무얼 할 때 행복한지 이
미 알고 계실 테니. 눈치 보지 말고, 내 마음이 진정
으로 원하는 것을 찾아 나가셨으면 싶어요. 자신의
마음속 이야기를 들어주었으면 해요.

우린 스스로에게 너무 엄격할 때가 많습니다. 엄격한 순간들도 좋지만 조금은 관대해져야 할 때도 있습니다. 각자의 성공 기준이 다른 만큼, 성공 방법 역시 다양합니다. 성공에 대한 책도 많고 영화도 있으며 강연도 많이 있습니다. 그런데 그 방법 그대로 따라하면 모두 성공하던가요. 성공이란 감히 말할 수 있는 게 절대 아니라는 겁니다. 성공할 수 있었던 상황과 경험이 모두 다르기 때문이죠.

그렇기에 자신에게 엄격한 순간의 잣대와 기준은 모두 내부로부터 만들어져야 합니다. 만일 자신에게 엄격해지는, 자신을 통제하는 기준이 외부에서 온 것이라면, 매 순간 불행에 휩싸일 것입니다.

온전한 '나'에 대한 것들은 아무것도 고려하지 않은 상태에서 외부의 기준을 지키는 일이란 고역일 것입니다. 하지만 우리는 안 되면 안 될수록 자신을 질책하고 깎아내립니다. 신기하게도 자신을 가장 잘, 그리고 가장 밑바닥까지 깎아내릴 수 있는 사람은 자신이라서, 내가 나를 가장 아프고 슬프게 깎아내리게 되는 것이죠.

그러니까 제가 드리고 싶은 말씀은, 다른 사람을 보고 정한 외부의 기준과 잣대로 굳이 나에게 엄격할 필요가 없다는 말입니다. 나에게 더욱 관대해지고 나를 사랑해줬으면 싶습니다. 걱정할 필요 없다고 말씀드리고 싶습니다. 더욱더 격하게 '자신'이 하고 싶은 것들을 이루어나가셨으면 싶습니다.

마음을 쓴다는 것

마음. 종종 곱씹곤 하는 이 단어는 나에게 따뜻한 온기를 준다. 마음을 건네는 일. 마음을 쓰는 일. 마음이 하는 일. 그런 것들이 내가 느끼게 되는 따뜻함의 일종일 것이다. 그렇다면 마음은 어디에서 와서 어디로 향하는 것일까.

이토록 따뜻한 단어. 마음이 언제부터 내 마음이었을까. 나는 기본적으로 사람이 이기적일 수밖에 없다고 생각하고, 성선설과 성악설 중 하나를 믿으라면 성악설을 믿는 편이다. 하지만 이기적이고도 악하게 태어난 우리는 언제부터 갖고 있었는지 모를 '마음'으로 인해 극단적으로 이기적이게 되거나 악해지지 않을 수 있는 것이라 굳게 믿고 있다.

사람이 이기적이며 악하다고 믿는 이유는 누구나 자기 자신만 생각할 수 있기 때문이다. 다른 사람의 큰 아픔보다는 당장 나의 아픔이나 고통에 훨씬 더 크게 반응하는 것은 그런 이유에서 비롯된 것이라 생각한다. 언젠가 썼던 글에도 이런 생각이 담겨 있었다.

"인생은 결국 혼자 살아가는 것이다. 나의 고민

을, 아픔을 전달하려 해도 사람들은 별로 관심이 없다. 자신이 겪고 있는 것이 아니기 때문이다. 외로움은 삶에 기본적으로 깔려 있는 감정이다. 우리는 외로움 속에서 벗어나려고 일을 하고 사람을 만난다.

북적거리는 삶을 살아가다가 혼자 있게 되는 어느 날, 외로움은 다시 한번 불쑥 나에게 말을 걸어온다. 너 외롭지 않냐고, 너 지금 외로운 거라고. 삶이 퍽퍽해질 때면 결국 사람을 찾는다. 웃음 많은 사람을 찾을 때도 있고. 아무 말 없이 카페에 앉아 서로의 시간을 보낼 수 있는 사람을 찾을 때도 있고. 말이 많은 사람을 찾아 하루 종일 정신없게 수다를 떨 때도 있다. 하지만 너무 퍽퍽해서였는지 금세 집에 가고 싶다는 생각이 드는 경우가 대부분이다."

하지만 결국 이기적이고 악한 본성은 사랑과 마음을 이길 수 없다고 생각한다. 자신만 생각하고 자신만을 위했던 마음과 삶은 퍽퍽해질 수밖에 없다. 오래도록 퍽퍽했던 마음과 삶을 녹여줄 수 있는 게 바로 '사랑'이다.

그렇게 퍽퍽한 상태로 놓여 있는 마음에 누군가를 위한 빈자리를 내어준다. 내어준 자리가 따뜻해질 수 있도록 마음에 불을 지핀다. 지펴놓은 불이 오랫동안 꺼지지 않게끔. 그래서 사랑을 한다는 것은, 마음을 쏟는다는 것은 놀랍고도 엄청난 일이다.

내가 생각하는 사랑은 이렇다. 상대방이 사랑을 확인하려는 행동을 하지 않게 만드는 것. 사랑 앞에서 자주 멍청해지는 것. 계산 없이 누군가를 대할 수 있게 되는 것. 말하지 않아도 사랑을 알 수 있게 만들어주는 것. 일상을 나누어 갖는 것. 함께 가는 길에 꽃이 없다면, 꽃을 심어 따뜻한 마음으로 피울 수 있는 것. 조금 늦게 가더라도 돌아오는 길에 꽃을 보며 걸어올 수 있음에 함께 기뻐하는 것. 조금 느리더라도 오랫동안 영원할 것처럼 사랑하는 것.

그런 의미에서 당신을 만나게 된다면, 젊음을 한창 낭비하다가 결국 당신 앞에 섰다고 말하고 싶다.

祝辭(축사)

나는 네가 잘 사는지, 잘 지내는지 관심이 없다. 이제 내게 남은 건 그날의 기억들뿐이기에 너에게 도무지 관심이 가지 않는다. 다만 한 가지 너에게 바라는 건, 네가 행복했으면 좋겠다는 거다. 어느 날 갑자기 찾아오는 건 불행과 행복만 있는 줄 알았던 내게. 사랑 역시 그렇다는 걸 알려준 네가. 이번 봄에. 꽃이 가득 필 때. 가장 예쁜 사랑을 받았으면 좋겠다. 너와의 기억을 여기서 조심스럽게 잘 간직하고 있으니까. 너는 부디 그쪽에 서서 좋은 기억을 잘 쌓길 바란다.

빈다. 너도 나도 각자의 역할에서 행복하기를. 너의 모든 걸 축하한다

내가 죽으면 장례식에 누가 와줄까

초판 1쇄 발행 2019년 05월 27일
개정증보판 65쇄 발행 2025년 02월 01일

지은이 김상현
펴낸이 김상현

콘텐츠사업본부장 유재선
출판1팀장 전수현 **편집** 김승민 주혜란
사진 이경준 **디자인** 도미솔 **마케터** 이영섭 남소현 성정은 최문실
미디어사업팀 김예은 송유경 김은주 김태환
경영지원 이관행 김범희 김준하 안지선 김지우

펴낸곳 (주)필름
등록번호 제2019-000002호 **등록일자** 2019년 01월 08일
주소 서울시 영등포구 영등포로 150, 생각공장 당산 A1409
전화 070-4141-8210 **팩스** 070-7614-8226
이메일 book@feelmgroup.com

필름출판사 '우리의 이야기는 영화다'

우리는 작가의 문체와 색을 온전하게 담아낼 수 있는 방법을 고민하며 책을 펴내고 있습니다.
스쳐가는 일상을 기록하는 당신의 시선 그리고 시선 속 삶의 풍경을 책에 상영하고 싶습니다.

홈페이지 feelmgroup.com **인스타그램** instagram.com/feelmbook

© 김상현, 2020

ISBN 979-11-88469-46-8 (03810)